历代笔记小说大观

枫窗小牍
清波杂志

[宋] 袁褧 周煇 撰

尚成 秦克 校点

图书在版编目(CIP)数据

枫窗小牍 清波杂志／(宋)袁褧 周辉撰；
尚成 秦克校点. —上海：上海古籍出版
社，2012.12(2023.8 重印)
(历代笔记小说大观)
ISBN 978-7-5325-6375-3

Ⅰ.①枫… ②清… Ⅱ.①袁… ②周… ③尚…
④秦… Ⅲ.①笔记小说-小说集-中国-宋代
Ⅳ.①I242.1

中国版本图书馆 CIP 数据核字(2012)第 045519 号

历代笔记小说大观

枫窗小牍 清波杂志

[宋]袁 褧 周 辉 撰
尚 成 秦 克 校点
上海古籍出版社出版发行
(上海市闵行区号景路 159 弄 1-5 号 A 座 5F 邮政编码 201101)
(1)网址：www. guji. com. cn
(2)E-mail：guji1@guji. com. cn
(3)易文网网址：www. ewen. co
常熟文化印刷有限公司印刷
开本 635×965 1/16 印张 10.75 插页 2 字数 138,000
2012 年 12 月第 1 版 2023 年 8 月第 2 次印刷
印数：2,101—3,200
ISBN 978-7-5325-6375-3
Ⅰ·2529 定价：27.00 元
如有质量问题,请与承印公司联系

总　目

枫 窗 小 牍

[宋] 袁　褧　撰
　　　袁　颐　续
　　　尚　成　校点

校 点 说 明

　　《枫窗小牍》二卷,《四库全书总目提要》谓"不著撰人名氏。前有明海盐姚士粦序,以书中所载'先三老'一条,证以洪适《隶释·袁良碑》,知其姓袁。又有'少长大梁'及'侨寓临安'语,可知其乡贯"。又说清人查慎行注苏轼《来鹤亭》诗,引为袁褧,"未详何据";"褧实明人,疑慎行误也"。今传此书宝颜秘笈本作"百岁老人袁□撰",稗海本作"百岁寓翁绝笔",不著姓名;唯《唐宋丛书》本作袁褧,可知查注并非无据,但不知《唐宋丛书》本何据耳,今姑从之。

　　此书记事,从上卷录崇宁间作大鬟方额,至下卷言嘉泰二年月食,前后相距近百年。内容多及汴京故事,如艮岳之筑、京城规制、河渠状况、宫阙构建、户口增减等,可与史传相参证。

　　《枫窗小牍》有宝颜堂秘笈本、《唐宋丛书》本、《四库全书》本、稗海本及《丛书集成》等本。今以《丛书集成》(据宝颜堂本排印)为底本,校以《四库全书》等本。凡有异文,一律择善而从,不出校记。

目　　录

序

　　《枫窗小牍》，不著撰人姓名。特检所载先三老一段与《隶释·袁良碑》对质，因知其人袁姓，而牍中"东坡手书"所云彦方者，即其大父赞善公也。但文忠集目只云"与人"而已，至称其父，每曰"家大夫"，不知何官。曾为艮岳萼绿华台作颂，定亦禁近班列。又云曾王大母得封县君，从祖尝倅郑，子曰博士颐，亦是汴中衣簪乔旧。惟此翁若无官而留意当世者，其所记载有大关系。如赵普醮章及玉牒宗室同姓事，则是上果忘其创业，下自信其背盟，知靖康之祸、高嗣之斩所从来矣。惟《名园记》谓普归洛，月余便卒。洛去汴四百五十里，醮章乘风吹堕太远。又如张李《醉醒志清》论家人一卦、卢之翰不谢钱若水，皆足补《宋史》之阙。其他细碎，多杭、汴见闻耳。庚戌春，尝以质之金坛王损庵太史，云此中多史外别闻，而于惠生、王伯弢各称其鹦鹉文佳。余独喜燕丹一叙，最为雄爽简妙。顷见吴伯霖言家亦藏有此本，为条质叹赏第云东坡释相国寺诗，必谪外时书谜壁间，后来解破耳。不然即慧争德祖，捷给不能至此。并识以咨博雅。海盐姚士粦叔祥序。

卷上

余迫猝渡江，侨寓临安，山中父书手定都为乌有。第日对窗西乌桕，省念旧闻，得数十事录之，以备遗忘。时晚秋萧瑟，喜有丹叶残霞，来射几案。会录成，辄呼酒落之，名曰《枫窗小牍》。

艺祖受命元年秋，三佛齐来贡，时尚不知皇宋受禅也。贡物有通天犀，中有形如龙，蟠一盖，其龙形腾上而尾少左向，卆其文即"宋"字也。真主受命，岂偶然哉？艺祖即以此犀为带，每郊庙则系之。

予侨家后圃有一大井，是武肃王外祖家旧物。井上有文，曰："於维此井，淳育坎灵。有萃有邹，实此储英。时有长虹，上贯青冥。是惟王气，宅相先征。爰启霸主，奠妥苍氓。沛膏渐泽，配德东溟。臣罗隐谨颂。"

太祖征李筠，以太宗为大内都点检，都民惊曰："点检作天子矣！"更为一天子地邪，此又人口木简也。

太平兴国中，蜀人张思训制上浑仪。其制与旧仪不同，最为巧捷。起为楼阁数层，高丈余，以木偶为七直人，以直七政，自能撞钟击鼓。又为十二神，各直一时，至其时即自执辰牌循环而出。余大王父赞善公，尝入文明殿漏室中见之。

国初杭、粤、蜀、汉未入版图，总户九十六万七千五百五十三。至开宝末，增至二百五十万八千六十五户。太宗拓定南北，户犹三百五十七万四千二百五十七。此后递增，至徽庙有一千八百七十八万之多。噫，可谓盛矣！及乘舆南渡江淮，以北悉入敌庭，今上主户亦至一千一百七十万五千六百有奇。生息之繁，视宣和已前仅减七百万耳。尚令此敌假气游魂，何也？

太宗命儒臣辑《太平广记》，时徐铉实无编纂。《稽神录》，铉所著也，每欲采撷，不敢自专，辄示宋白，使问李昉，昉曰："徐率更以博信天下，乃不自信，而取信于宋拾遗乎？讵有率更言无稽者，中采无疑也。"于是此录遂得见收。

杨亿作《二京赋》既成，好事者多为传写。有轻薄子书其门曰："孟坚再生，平子出世。《文选》中间，恨无隙地。"杨亦书门答之，曰："赏惜违颜，事等隔世。虽书我门，不争此地。"余谓此齐东之言也，杨公长者，肯相较若尔耶？

道君皇帝改元宣和，人或离合其字，曰："一旦宋亡。"此与萧岿离合后周宣政为"宇文亡日"同。

太常音律官田琼家庭中尝有光怪，掘地得古铎三枚：一黄钟，一中吕，一土死无声。又一玉管，校长于古玉管，盖汉晋间物也。其年遂迁职。

赵韩王疾，夜梦甚恶，使道流上章禳谢。道流请章旨，赵难言之，从枕跃起，索笔自草曰"情关母子，弟及自出于人谋；计协臣民，子贤难违乎天意。乃凭幽祟，逞此强阳。瞰臣气血之衰，肆彼魔呵之厉。倘合帝心，诛既不诬管蔡；幸原臣死，事堪永谢朱均"云云。密封，令勿发，向空焚之。火正燄烅，而此章为大风所掣，吹堕朱雀门，为人所得，传诵于时，竟不起。

淳化三年冬十月，太平兴国寺牡丹红紫盛开，不逾春月。冠盖云拥，僧舍填骈。有老妓题寺壁云："曾趁东风看几巡，冒霜开唤满城人。残脂剩粉怜犹在，欲向弥陀借小春。"此妓遂复车马盈门。

古人称士、农、工、商为"四民"，今有"六民"。真宗初即位，王禹偁上五事，有云"古者井田之法，农即兵也；今执戈之士，不复事农，是'四民'之外，又一民也。自佛教入中国，度人修寺，不耕不蚕，而具衣食，是五民之外，又一民也。"

李文靖贤相也，与张齐贤稍不协，齐贤竟以被酒失仪罢相。时人语曰："李相太醒，张相太醉。"此亦里巷公论也。

汴京闺阁妆抹凡数变。崇宁间少尝记忆作大鬓方额，政宣之际又尚急扎垂肩，宣和已后多梳云尖巧额、鬓撑金凤。小家至为剪纸衬发，膏沐芳香，花靴弓履，穷极金翠。一袜一领，费至千钱。今闻敌中闺饰复尔，如瘦金莲方、莹面丸、遍体香，皆自北传南者。

邢昺以九经及第，郁为儒者。乃倾意钦若，纳身垢污，为士流所薄。尝奉较撰《尔雅疏义》，其后太学生郭盛言：“昔人不分老子与韩非，同传郭注、邢疏，无论周公不享其意，即先人得无称冤地下。且郭迁逆敦，邢附钦若。《尔雅》近正，今则近邪，盛举九经，乞辞此疏。”时邢自称子才之裔，太学中语曰：“景纯有孙，子才无后。”

宣和中有反语云：“寇莱公之知人则哲，王子明之将顺其美，包孝肃之饮人以和，王介甫之不言所利。”此皆贤者之过，人皆得而见之者也。

祥符中，天书既降，复有道士赵寿国来上《灵宝大洞人皇经》，稍记其首篇云“尔时玉清虚皇上帝在玉清景灵之宫，忽从自明帝内传下玉音，清越嘹亮，三十三天，一时耳根共感。是诸天众速驾云车龙鸾，填隘天路皆满。诸天既集，面觐虚皇于云陛之下，剑珮玢玎，交暎左右。虚皇曰：‘嗟尔诸天，听予涣号：夫天有天皇，地有地皇，人有人皇。天得清皇，地得宁皇，惟此林林众满太苍，下方大乱，予闵是痾。爰召宓羲，遣兹讼灵，下抚方州，二亥后先，命处天门，八方归工，天下太平。今兹嗣皇，实惟圣神。合寿千春，东封泰山，西封金天。威镇幽朔，鬼方血腥”云云，其言诞誉不经，皆若此类。朝廷虽知其妄，亦赐金帛，设朝受之，供奉大内。

吕夷简有总髻交王至清，以屡试不第，隐遁山壑，后以子簿畿县，薄游京师。吕折简召之，不赴。会仁宗诏废郭后，吕实赞之，至清寓书夷简曰：“仆初与坦夫读书山寺，论家人一卦，坦夫独以孔子‘反身’二字为此卦入证语。乃今天子第有取于威如之吉，使天下夫妇之主不得终始其义。坦夫独不可以‘反身’之说谏之，而将顺至此乎？安在其有证于尼父一言也？仆今知读书与仕宦自是两截事，幸哉！天以布衣终我身也。虽然，坦夫自今永保禄位矣。何者？有所废必有所爱，能从人主所爱处，有勋力焉，亦必不爱爵禄，以爱其人于众人之外也。此一牍也，先为相业唁，复为相位贺，惟坦夫两受之。”夷简大怒，并其子逐焉。

贤士大夫亦有天理抹煞处，如钱惟演之下石寇莱公是也；凶忍大奸亦有天理不泯处，如秦桧之不尽杀鄂国子孙是也。

洪驹父才而傲，每读时辈篇什，大叫云：“使人齿颊皆甘！”其人喜而问之，曰"似何物"，驹父曰："不减树头霜柿。"人每颊面而去。比汴京失守，尼玛哈勾括金银，驹父以奉命行事，日惟觞酌，幸醉中不见此时情状，竟为纲纪自利，峻于搜索，坐贬沙门，亦大冤也。

　　余少长大梁，鞠养于保抱之手。即淮泗之间，近在襟带，未尝眼见身到。比一旦崩乱，将母则弃妻，挈妻则掷女，屈身孤篷之底，乘风渡淮，浊浪掀空，几葬于宝应鱼腹，魂魄尽丧，相顾失色。及至江上，于时海潮上逆，狂涛东泻，渺逆极望，虽腾价买舟，犹与僧尼杂贩共载一船。母妾悲号，至不欲渡，愿投江流。舟发未几，樯为风折，半欹浪中。满船狂叫，人心先覆。幸呼它舟掷缆，得抵润州。此盖生平未遭之危，合门未遘之苦也。后尝问人曰："江必从此渡乎？必当更有狭处。"其人亦不知答。既而司谏吴表臣上疏，言大江之南，上自荆、鄂，下至常、润，不过十郡之间，其要不过七渡。上流最急者三：荆南之公安、石首，岳之北泽；中流最急者二：鄂之武昌，太平之采石；下流最急者二：建康之宣化，镇江之瓜洲。此七渡，当择官兵守之。其余数十处，或道路迂曲，水陆不便，非大军往来径捷之处。于是始知前问之失也，望洋之喻岂虚也哉！

　　庆历三年三月，吕夷简以司徒归第，夏竦召至国门而罢。诏以贾昌朝参知政事，杜衍为枢密使，富弼为枢密副使。弼固辞，改资政殿学士。乃以范仲淹代弼，又以欧阳修、余靖、蔡襄、王素充谏官。一时朝野欢欣，至酹酒相庆。太学博士石介因作《庆历圣德颂》，其词太激，邪佞切齿。其颂至范仲淹曰："太后乘势，汤沸火热。汝时小臣，危言業業。太后一语，仁宗含之。"在中不敢出之口者，所不宜言。其最儆心目者，如"众贤之进，如茅斯拔；大奸之去，如距斯脱"。又曰："神武不杀，其默如渊；圣人不测，其动如天。"时韩魏公与范文正公适自陕来朝，竦之密姻有令于閤者手录此颂进于二公，且口道竦非为诸君子庆。二公去閤，范拊股谓韩曰："为此怪鬼辈坏之也。"韩曰："天下事不可如此，必坏。"孙复闻之亦曰："石守道祸始于此矣。"

　　汴中呼余杭百事繁庶，地上天宫。及余邸寓山中，深谷枯田，林莽塞日，鱼虾屏断，鲜适莫扑。惟野葱、苦荬、红米作炊，炊汁少许，代脂供饮。不谓地上天宫，有此受享也。

国朝妇人封，自执政以上封夫人，尚书以上封淑人，侍郎以上封硕人，太中大夫以上封令人，中散大夫以上封恭人，朝奉大夫以上封宜人，朝奉郎以上封安人，通直郎以上封孺人。然夫人有国郡之异，而武臣一准文阶。其后三公、大将封带王爵者，妾亦受封，特视正妻减阶耳。若郡县君，则先曾王太母亦封县君，政和二年诏除之。

本朝以童子举，如国初贾黄中举，自五代不论。若太宗朝，洛阳郭忠恕通九经，七岁举童子科。淳化二年，赐泰州童子谭孺卿出身。雍熙间，得杨亿年十一，以童子召对，授秘书正字。咸平间，得宋绶。景德间，抚州进士晏殊年十四，大名府进士姜盖年十三。祥符间，又得李淑，又赵焕以童子召封，令从秘阁读书，时年十二。蔡伯希年四岁，诵诗百余篇，召为秘书正字。神宗朝元丰七年，赐饶州童子朱天锡五经出身，年九岁，赐钱五万。又天锡从兄天申年十二，试十经皆通，赐五经出身。绍兴七年，赐处州孝童周智出身。乾道、淳熙间，吕嗣兴、王克勤赐童子出身。先君子以十岁通九经，以不谒丁晋公，摈不以闻，竟不得与诸君子同声治朝也。

寿山艮岳在汴城东北隅，徽宗所筑。初名凤凰山，后改寿山艮岳。周围十余里，其最高一峰九十步，上有介亭，分东西二岭，直接南山。山之东，有萼绿华堂，家大夫尝承命作颂曰："玉皇御天，金母嫁女。雕璧成车，裁瑛作麈。龙驭昆丘，鸟发玄圃。笑月光微，看云色阻。荷露添华，柳烟生妩。九重欢眷，六宫逊处。乃构椒房，用当金宇。碌碌宜阶，瑟瑟为户。碧落深沉，青霞墩堵。小臣献颂，庶叶万舞。"书馆、八仙馆、紫石岩、栖真磴、览秀轩、龙吟堂。山之南，则寿山两峰并峙，有雁池、嘴嘴亭。山之西，有药寮、西庄、巢云亭、白龙沜、濯龙峡、蟠秀、练光、跨云三亭，罗汉岩。又西有万松岭，岭畔有倚翠楼。上下设两阁。阁下有平地，凿大方沼，沼中作两洲。东为芦渚浮阳亭，西为梅渚雪浪亭。西流为凤池，西出为雁池，中分二馆，东曰"流碧"，西曰"环山"，有巢凤阁、三秀堂，东池后有挥雪亭。复由磴道上至介亭，亭左有极目亭、萧森亭，右有丽雪亭。半山北俯景龙江，引江之上流注山涧。西行为漱琼轩。又行石间为炼丹、凝观、圁山三亭，下视江际，见高阳酒肆及清澌阁。北岸有胜筠庵、蹑云亭、萧闲阁、飞岑亭，支流别为山庄，为回溪。又于南山之外，为小山，横亘二里，曰"芙蓉城"，穷极巧妙。而景龙江外则诸馆舍尤精，山之西北有老君洞，为供奉道像之所。其地又因瑶华宫火，取其地作大池，名曲江，中有堂曰"蓬壶"。东尽封丘门而止。西则是天波门桥，引水直西殆半里，江乃折南，又折北。折南者过间阖门，为复道通茂德帝姬宅；折北者四五里属之龙德宫。既成，帝自为《艮岳记》，以为山在国之艮位，故名艮岳。岳之正门名曰"阳华"，故亦号"阳华宫"。宣和五年，朱勔于太湖取石，高广数丈，载以大舟，挽以千夫，凿河断桥，毁堰折牐，数月乃至。会初得燕山之地，因赐号"敷庆神运石"。石傍植两桧，一夭矫者名"朝日升龙之桧"，一偃蹇者名"卧云伏龙之桧"，皆玉牌金字书之。徽宗御题云："拔翠琪树林，双桧植灵圃。上稍蟠木枝，下拂龙髯茂。撑拿天半分，连卷虹南负。为栋复为梁，夹辅我皇构。"嗟乎，桧以和议作相，不能恢复中原，已兆于"半分"、"南负"，而一结更是高庙御名，要皆天定也。岩曰"玉京独秀太平岩"，峰曰"庆云万态奇峰"。又作绛霄楼，直山北势极高峻，夐出云表。盖工艺之巧，其后群阁兴筑不已。四方花竹奇石，悉萃于斯。珍禽异兽，无不毕集。命市人薛翁蓁扰驯狎，驾至迎立鞭扇间，名"万岁山珍禽"，命局曰"来仪所"。及金芝产于艮岳万寿峰，只改名"寿岳"。

　　先三老碑在扶沟石牛庙，役徙墓下，碑横裂为二。上复破泐如圭然，光莹可鉴。少尝从祖父诣碑拜读，至"斩贼公先勇，食邑遗乡六百户"事，考之东汉先人列传，了不可得。后从驾南渡，得欧阳公《集古录》，第释序世次及缺文而已。最后得赵明诚《金石录》，始知公先勇为公孙勇，又不知出自何书。今耄矣，目不能观书，徒悒悒此事未了。忽从宇文学博处，得鄱阳洪景伯碑跋，方知此事在范书《田广明传》。传云："故城父令公孙勇谋反，衣绣衣，乘驷马车至圉，圉使小史侍之。知其非是，守尉魏不害等共收捕之。上封四人为侯，小史窃言，上问之，对曰：'为侯者得东归否？'上曰：'汝乡名为何？'对曰：'名遗乡。'上曰：'用遗汝矣。'于是赐小史爵关内侯，食邑遗乡六百户。"不觉快跃而起，籍冠堕地，老发鬖鬖，弗暇手握也。家世读书，碑碣尚在，至一千年不知碑上事，愧已，愧已！

余尝见内库书《金棋子》，有李后主手题曰："梁孝元谓王仲宣昔在荆州，著书数十篇。荆州坏，尽焚其书。今在者一篇，知名之士咸重之。见虎一毛，不知其斑。后西魏破江陵，帝亦尽焚其书，曰：'文武之道，尽今夜矣！'何荆州坏、焚书二语先后一辙也。诗以慨之，曰：'牙签万轴裹红绡，王粲书同付火烧。不是祖龙留面目，遗篇那得到今朝。'"书卷皆薛涛纸所抄，惟"今朝"字误作"金朝"，徽庙恶之，以笔抹去。后书竟如谶入金也。

丁谓倾意以媚莱公，冀得大拜，然事未可必。生平最尚机祥，每晨占鸣鹊，夜看灯蕊，虽出门归邸，亦必窃听人语，用卜吉兆。时有无赖于庆贫寒不振，计且必死冻饿，谋于一落第老儒。老儒曰："汝欲自振，必易姓名。当大济耳，幸无忘我。"庆拜而听之，老儒遂改于为丁，易名宜禄，使投身于谓。谓大喜收之，门下皆怪问之。谓不答，第曰："吾得此人，大拜必矣。"不旬月，而谓果入相。此人遂以宠冠纪纲，虽大僚节使无弗倚藉关说，不逾年而宜禄家十万矣。老儒亦以引见，竟得教授大郡。至今相传，不解所谓。顷偶读沈约《宋书》，曰："宰相苍头呼为宜禄。"宜复姓丁，愈怅所念，莫谓晋公眼不读书也。

道君皇帝以于阗玉益八宝为九宝，其文云："范围天地，幽赞神明。保合太和，万寿无疆。"王初寮草诏，曰："太极函三运，神功于八索。乾元用九增，宝历于万年。"八索用九，可谓切事，徽庙以银椀盛苏合香赐之。

司马温公《保身说》云："天下有道，君子扬于王庭，以正小人之罪，而莫敢不服。天下无道，君子括囊不言，以避小人之祸，而犹或不免。倘人生昏乱之世，不在其位，四海横流，而欲以口舌救之，臧否人物，激浊扬清，撩蛇虺之头，践虎狼之尾，以至身被淫刑，祸及朋友，士类歼灭，而国随以亡，不亦悲乎？夫惟郭泰既明且哲以保其身，申屠蟠见机而作不俟终日，卓乎，其不可及也！"先君书此以置座右，盖自鉴其生平所遭耳。吴、赵诸公惜不早见及此，遂陷秦氏酷祸，悲哉！

杭州江堤筑自梁开平四年八月，时钱氏始伯，武肃王以候潮、通江二门之外，潮水冲啮，版筑不就，命强弩数百射之，潮水为避，击西陵。遂以竹笼石，植大木围之，率数岁辄复坏。祥符七年，潮直抵郡城。守臣戚纶、漕臣陈尧佐议累木为岸,实薪土以捍之。或言非便,命发运使李溥按视。十月壬戌,溥请如钱氏旧制,立木积石以捍潮波,从之。其后逾年,堤不成,卒用薪土。天圣四年二月辛酉,侍御史方谨言请修江岸二斗门。庆历六年,漕臣杜杞筑钱塘堤,起官浦至沙陉,以捍风涛。浙江石塘创于钱氏。景祐中,工部郎中张夏为转运使,置捍江兵采石修塘,人为立祠。绍兴二十年,修石堤。二十二年十一月二十五日,吏部尚书林大鼐言潮为吴患,其来已久,捍御之策,见于浙江亭碑。自江流失道,潮兴洲门,怒号激烈,千霆万鼓,民以不宁,宜颛置一司究利病,而后兴工。乾道七年十一月十八日,帅臣沈复修石堤成,增石塘九十四丈。

武肃王还临安,与父老饮,有三节还乡之歌,父老多不解。王乃高揭吴音以歌,曰:“你辈见侬底欢喜,别是一般滋味子,长在我侬心子里。”至今狂童游女借为奔期问答之歌,呼其宴处为“欢喜地”。

汴京故宫蹑云蔽日,常在梦寐,稍能记忆,条载于此。宫城本五代周旧都,宋因之。建隆三年,广皇城东北隅,命有司画洛阳宫殿,按图修之。周围五里,南三门,中曰“乾元”,东曰“左掖”,西曰“右掖”,东、西面门曰“东华”、“西华”,北一门曰“拱宸”。乾元门内正南门曰“大庆”,东、西横门曰左、右“升龙”。左右北门内各一门,曰左、右“银台”。东华门内一门,曰“左承天”,祥符西华门内一门,曰“右承天”。左承天门内,道北门曰“宣祐”,正南门内正殿曰“大庆”,东、西门曰左、右“太和”,正衙殿曰“文德”,两掖门曰东、西“上阁”,东、西门曰左、右“嘉福”。大庆殿北有紫宸殿,视朝之前殿也。西有垂拱殿,常日视朝之所也。次西有皇仪殿,又次西有集英殿,宴殿也。殿后有需云殿,东有升平楼,宫中观宴之所也。宫后有崇政殿,阅事之所也。殿后有景福殿,殿西有殿,北向,曰“延和便坐殿”。凡殿有门者,皆随殿名。宫中有延庆、安福、观文、清景、庆云、玉京等殿,寿宁堂、延春阁、福宁殿,东、西有门,曰左、右“昭庆”。观文殿西门曰“延真”,其东真君殿,曰“积庆”。前建感真阁,又有龙图阁,下有资政、崇和、宣德、述古四殿。天章阁下有群玉、蕊珠二殿,有宝文阁,阁东、西有嘉德、延康二殿,前有景辉门。后苑东门曰“宁阳”,苑内有崇圣殿、太清楼,其西又有宣圣、化成、金华、西凉、清心等殿，翔鸾、仪凤二阁，华景、翠芳、瑶津三亭。延福宫有穆清殿，延庆殿北有柔仪殿，崇徽殿北有钦明殿。延福宫北有广圣宫，内有太清、玉清、冲和、集福、会祥五殿，建流杯殿于后苑。又有慈德殿、观稼殿、延曦阁、迩英殿、隆儒阁、慈寿殿、庆寿宫、保慈宫、玉华殿、基春殿、睿思殿、承极殿，崇庆、隆祐二宫，睿成宫、宣和殿、圣瑞宫、显谟阁、玉虚殿、玉华阁、亲蚕宫、燕宁殿、延福宫。政和三年春，作新宫始南向，殿因宫名，曰"延福"，次曰"蕊珠"。有亭曰"碧琅玕"，其东门曰"晨晖"，其西门曰"丽泽"。宫左复列二位，其殿有穆清、成平、会宁、睿谟、凝和、昆玉、群玉。其东阁则有蕙馥、报琼、蟠桃、春锦、叠琼、芬芳、丽玉、寒香、拂云、偃盖、翠葆、铅英、云锦、兰薰、摘金，其西阁有繁英、雪香、披芳、铅华、琼华、文绮、绛萼、秾华、绿绮、瑶碧、清阴、秋香、丛玉、扶玉、绛云。会宁之北，叠石为山。山上有殿曰"翠微"，旁为二亭，曰"云岿"，曰"层巘"。凝和之次阁曰"明春"，其高逾一百一十尺。阁之侧为殿二，曰"玉英"，曰"玉润"。其背附城，筑土植杏，名"杏冈"。覆茅为亭，修竹万竿，引流其下。宫之右，为佐二阁，曰"晏春"，广十有二丈，舞台四列，山亭三峙。凿圆池为海，跨海为亭，架石梁以升山亭，曰"飞华"。横度之四百尺，有畸纵，数之二百六十有七尺。又流泉为湖，湖中作堤以接亭，堤中作梁以通湖。梁之上，又为茅亭、鹤庄、鹿砦、孔翠诸栅，蹄尾动数千。嘉花名木，类聚区别，幽胜宛若生成。西抵丽泽，不类尘境。其东直景龙门，西抵天波门。宫东、西二横门皆视禁门法，所谓晨晖、丽泽者也。而晨晖门出入最多。其后又跨旧城修筑，号"延福第六"，位跨城之外浚壕，深者水三尺。东景龙门桥，西天波门桥，二桥之下，叠石为固，引舟相通，而桥上人物外自通行不觉也，名曰"景龙江"。其后又辟之，东过景龙门，至封丘门。此特大概耳，其雄胜不能尽也。

余汴城故居近陈州门内蔡河东畔，居后有圃，乔林深竹，映带城隅。中有来鹤亭，王大父时有野鹤来栖，遂驯狎不去。苏子瞻有诗云："鸿渐偏宜丹凤南，冠霞披月羽毵毵。酒酣亭上来看舞，有客新名唤作耽。"每诵此诗，未尝不泪满青衫也。

子瞻又有与王大父手墨一纸，云："累日欲上谒，竟未暇辱教。承足疾未平，不胜驰系。足疾惟葳灵仙、牛膝二味为末，蜜丸空心服，必效之药也。但葳灵仙艰得真者，俗医所用，多藁本之细者尔。其验以味极苦，而色紫黑，如胡黄连状。且脆而不韧，折之有细尘起。向明示之，断处有黑白晕，俗谓之有鸲鹆眼。此数者备，然后为真。服之有奇验，肿痛拘挛，皆可已，久乃有走及奔马之效。二物当等分，或视脏气虚实，酌饮牛膝，酒及熟水皆可下，独忌茶耳，犯之不复有效。若常服此，即每岁收槐皂荚芽之极嫩者，如造草茶法贮之，以代茗饮，此效屡尝目击。知君疾苦，故详以奉白。元素书已作，稍暇诣见。轼白彦方足下。”王大父有末疾，故以此方见示。此纸尚存箧中，渡江已来，与妻孥共宝者。

徽庙尝乘骢马至太和宫前，忽宣平日所爱小乌。其马至御前，马足不肯进，左右鞭之，益鸣跳，不如调训。时圉人进曰：“此愿封官耳。”上曰：“猴子且官供奉，况使小乌白身邪？”敕赐龙骧将军，然后帖然就辔。

荆公柄国，时有人题相国寺壁云：“终岁荒芜湖浦焦，贫女戴笠落柘条。阿侬去家京洛遥，惊心寇盗来攻剽。”人皆以为夫出妇，忧荒乱也。及荆公罢相，子瞻召还，诸公饮苏寺中，以此诗问之。苏曰：“于‘贫女’句可以得其人矣，‘终岁’，十二月也，十二月为‘青’字。‘荒芜’，田有草也，草田为‘苗’字。‘湖浦焦’，水去也，水旁去为‘法’字。‘女戴笠’为‘安’字。柘落木条剩‘石’字。‘阿侬’是吴言，合‘吴言’为‘误’字。‘去家京洛’为国寇盗，为贼民。盖言‘青苗法，安石误国贼民’也。”

家大夫尝谓曾子固《南齐书序》是一部《十七史序》，不可不熟看。其要处云：所谓良史者，其明必足以周万事之理，道必足以适天下之用，智必足以通难知之意，文必足以发难显之情，然后其任可得而称也。昔者唐虞有神明之性，有微妙之德，使由之者不能知，知之者不能名，其言至约，其体至备。而为之二典者，推而明之，所记者岂独其迹并与其深微之意，而传之无不尽也。至于后世诸史，事迹扰昧，虽有随世以就功名之君，相与合谋之臣，未有得赫然倾动天下之耳目，而一时偷夺悖理之人，亦幸而不暴著于世。岂非所托不得其人故邪？

第其中反覆照应处多累句重叠为可惜耳。

汴京河渠凡四：曰蔡河，自陈蔡由西南戴楼门入京城，缭绕向东南陈州门出；曰汴河，自西京洛口分水，从东水门入京城，绕州桥御路水西门出；曰五丈河，表自济郓，自新曹门入，通汴河；曰金水河，自京城西南分京索河，筑堤从汴河上用水槽架过，从西北水门入京城，夹墙遮拥入大内，灌后苑池浦。先是诏析金水河透槽回水入汴，北引洛水入禁中，赐名"天源河"。然舟至即启槽，频妨行舟，乃自城西超宇坊引洛，由咸丰门立堤，凡三千三十步，水遂入禁而槽废。

吴越忠懿王以天成四年八月二十四日四鼓生，以端拱元年八月二十四日四鼓薨，年政六十。是夕大流星坠于正寝之上，光烛满庭。

罗昭谏投身武肃，特加殊遇。复命简书辟之，曰："仲宣远托娄荆州，都缘乱世；夫子辟为鲁司寇，只为故乡。"以刘为娄，避武肃嫌名也。

余邸寓于钱氏之旧乡，苍山碧树，想见衣锦风烟。因念余昔家京邑，每过南宫城太学左方礼贤宅，未尝不钦仰忠懿之贤。虽乔木垂杨，朱门雕础，宛若犹在。于时子姓贫寒，至有衣食不周者。尝读《两朝供奉录》，太祖、太宗虽所赐金器六万四千七百余两，银器四千万八千八百余两，玉石器皿一万七千事，宝玉带四十二条，锦绮一千六万六千三百余匹。然忠懿入贡如赭黄犀、龙凤龟鱼、仙人鳌山、宝树等通犀带凡七十余条，皆希世之宝也。玉带二十四，紫金狮子带一，金九万五千余两，银一百一十万二十余两，锦绮二十八万余匹，色绢七十九万七十余匹，金饰玳瑁器一千五百余事，水晶玛瑙玉器凡四千余事，珊瑚十万，三尺五寸，金银饰陶器一千四万余事，金银饰龙凤船舫二百艘，银妆器械七十万事，白龙脑二百余斤。及归国之初，举朝文武阍寺皆有馈遗，盖有国已来，所积一空矣。

旧京工伎固多奇妙，即烹煮槃案，亦复擅名。如王楼梅花包子、曹婆肉饼、薛家羊饭、梅家鹅鸭、曹家从食、徐家瓠羹、郑家油饼、王家乳酪、段家熿物、不逢巴子南食之类，皆声称于时。若南迁湖上，鱼羹宋五嫂、羊肉李七儿、奶房王家、血肚羹宋小巴之类，皆当行不数者。宋五嫂，余家苍头嫂也，每过湖上，时进肆慰谈，亦它乡寒故也，悲夫。

比部郎洪湛以王钦若贿卖任懿及第累谪儋州，竟死海外。忽有相识遇洪大庾岭，犹仪卫赫然，若有官者。相识谓是赦还，与执手庆慰，洪曰："我往捕王钦若耳。"言讫不见，其人愕然。已而钦若病甚，口呼："洪卿宽我！我以千金累卿，然惠秦已橐百两，不难偿卿九百也。"观此则二百五十金之说，犹当时鞫者嘿为钦若减贯也，然湛冤极矣。

卷下

名画李成以山水供奉禁中，然以子姓饶资为宫市珠玉大商，不易为人落笔。惟性嗜香药名酒，人亦不知。独相国寺东宋药家最与相善，每往醉必累日，不特楮素挥洒盈满箱箧，即铺门两壁亦为淋漓泼染。识者谓壁画家入神妙，惜在白垩上耳。

思陵神舆就祖道祭，陈设穷极工巧，百官奠哭。纸钱差小，官家不喜。谏官以为俗用纸钱乃释氏使人以过度其亲者，恐非圣主所宜以奉宾天也。今上抵于地曰："邵尧夫何如人，而祭先亦用纸钱，岂生人处世如汝，能日不用一钱否乎？"

岳少保既死狱，籍其家，仅金玉犀带数条，及锁铠、兜鍪、南蛮铜弩、镔刀、弓剑、鞍辔、布绢三千余匹、粟麦五千余斛、钱十余万、书籍数千卷而已。视同时诸将如某某辈莫不宝玩满堂寝、田园占几县、享乐寿考、妻儿满前，祸福顿悬。不意如此天道，亦自有不可知者。

本朝历凡十变：在建隆则曰"应天"，在太平兴国则曰"乾元"，在咸平则曰"仪天"，在天圣曰"崇天"，在治平曰"明天"，在熙宁曰"奉天"，在元祐曰"观天"，在崇宁曰"占天"。未几又改曰"纪元"，在绍兴曰"统元"。

真宗时，贾昌朝撰《国朝时令》。初，景祐中丁度等承诏约唐时令为国朝时令，以备宣读。最后昌朝又参以秦邕、高诱、李林甫诸家月令之说为集。时刘安靖撰《时镜》，所书以四时分十二月各系其事。孙屺撰《备用时令》，见贾昌朝所奏时令见夫绍兴中，虽访得之，非复旧本。乃以景祐历书者日月之合疏列分度，并取一二名数注字音于下，以备阅时之宜焉。

余少从家大夫观金明池水战，见船舫回旋，戈甲照耀，为之目动心骇。比见钱塘水军戈船飞递，迎弄江涛，出没聚散，欻忽如神，令人汗下，以为金门池事故如儿戏耳。至如韩蕲王困敌王天荡，飞轮八橙蹈军樯回江面者，更不知何如也。

熙宁元年十月，诏颁河北诸军教阅法：凡弓分三等，九斗为第一，八斗为第二，七斗为第三；弩分三等，二石七斗为第一，二石四斗为第二，二石一斗为第三。

余始寓京邸，于绍兴二年五月大火，仅挈母妻出避湖上。此时被毁者一万三千余家。及家山中，六年十二月京师复火，更一万余家，人皆以为中兴之始改元“建炎”致此。然周显德五年夏四月辛酉城南火作，延于内城，忠懿王避居都城驿，诘旦且焚镇国仓，王泣祷而灭，计一万九千余家。但临安扑救视汴都为疏，东京每坊三百步有军巡铺，又于高处有望火楼，上有人探望，下屯军百人，及水桶、洒帚、钩锯、斧杈、梯索之类，每遇生发扑救，须臾便灭。

高庙在建康，有大赤鹦鹉自江北来集行在承尘上，口呼万岁，宦者以手承之，鼓翅而下，足有小金牌，有“宣和”二字，因以索架置之，稍不惊怪。比上膳以行在草草无乐，鹦鹉大呼“卜尚乐，起方响”，久之，曰：“卜娘子不敬万岁。”盖道君时掌乐宫人以方响引乐者，故犹以旧格相呼。高庙为罢膳，泣下。后此鸟持至临安，忽死。高宗亲为文祭之，云：“金距绛裳，何意朱紫？乘轩骇散，缠罗斗死。不远长江，来自汴水。匪饥则附，曰忠自矢。谢迹云端，投身禁里。每呼旧人，以励近侍。禽言若斯，鸟官谁似？云胡委羽，归魂鹎尾。借号有鸟，来朝死雉。渐肯为仪，历仍辉纪。尚飨！”宸翰洒洒，一时大手当为置笔。

真宗皇帝祀汾而还，驾过伊关，亲洒宸翰，为铭勒石，文不加点，群臣皆呼“万岁”。其文曰：“夫结而为山，融而为谷。设险阻于地理，资手距于国都。足以表坤载之无疆，示神州之大壮者也。矧复洪源南导，高岸中分，夏禹浚川，初通关塞。周成相宅，肇建王城，风雨所交，形势斯在。灵菡珍木，接畛而扬芬；盘石槛泉，奔流而激响。宝塔千尺，苍崖万寻。秘等觉之真身，刻大雄之尊像。岂独胜游之是属，故亦景贶之潜符。躬荐两圭，祝汾阴而祈民福；言旋六辔，临雒宅而观土风。既周览于名区，乃刊文于贞石。铭曰：‘高阙巍峨，群山迤逦。乃固王域，是通伊水。形胜居多，英灵萃止。螺髻偏摩，雁塔高峙。奠玉河滨，回舆山趾。鸣跸再临，贞珉斯纪。’”

　　国朝开献书之路,祥符中献书者十九人,赐出身,得书万七百五十四卷。宣和五年三馆参校、荣州助教张颐所进书二百二十三卷,李东一百六十二卷,皆系阙逸,乞加褒赏。颐赐进士出身,东补迪功郎。七年取索到王阐、张宿等家藏书,以三馆秘阁中日比对,所无者凡六百五十八部、二千四百一十七卷。阐补承务郎,宿补迪功郎。

　　余从祖姑婿陈从易得与太清楼校勘,天圣三年六月,陈以《十代兴亡论》妄加涂窜,同官皆降一职。

　　崇宁二年五月,秘阁书写成二千八十二部,未写者一千二百十三部,及阙卷二百八十九,立程限缮录。政和七年十一月十四日戊戌,校书郎孙觌奏四库书尚循《崇文》旧目。顷访求遗书,总目之外,凡数百家,几万余卷,请撰次增入总目,合为一卷。诏觌等撰次,名曰《秘书总目》。及汴京不守,悉为金人辇去。车驾渡江,诏搜江、浙、闽、粤载籍,四库至四万四千四百八十六卷,较《崇文》旧目多一万三千八百十七卷。又思陵以万几之暇,御书六经、《论语》、《史记·列传》,刊石立于太学。典籍之盛,无愧先朝。第奇秘阙逸,较前少损,所增多近代编述耳。

　　余向从汴中得见钱武肃王铁券,其文曰:"维乾宁四年,岁次丁巳,八月甲辰朔,四日丁未,皇帝若曰:咨尔镇海镇东等军节度、浙江东西等道观察处置营田招讨等使,兼两浙盐铁制置发运等使,开府仪同三司,检校太尉,兼中书令,持节润、越等州刺史,上柱国,彭城郡王,食邑五千户,实封一百户钱镠:朕闻铭邓骘之勋,言垂汉典;载孔悝之德,事美鲁经。则知褒德策勋,古今一致。顷者董昌僭伪,为昏镜水;狂谋恶迹,渐染齐人。尔能披攘凶渠,荡定江表,忠以卫社稷,惠以福生灵。其机也氛祲清,其化也疲羸泰。拯永粤于涂炭之上,师无私焉;保余杭于金汤之固,政有经矣。志奖王室,绩冠侯藩。溢于旂常,流在丹素。虽钟繇刊五熟之釜,窦宪勒燕然之山,未足显功,抑有异数。是用锡其金板,申以誓词:长河有似带之期,泰华有如拳之日。惟我念功之旨,永将延祚子孙。使卿长袭宠荣,克保富贵。卿恕九死,子孙三死,或犯常刑,有司不得加责。承我信誓,往惟钦哉。宜付史馆,颁于天下。"赍券中使,则焦楚锽也。

欧阳文忠公《樊侯庙灾记》真稿旧存余家,其中改窜数处,如"立军功"三字,稿但曰"起家","平生"曰"生平","振目"曰"瞋目","勇力"曰"威武","雄武"曰"英勇","生能万人敌,死不能庇一躬"曰"生能訾喑哑叱咤之主,死不能保束草附土之形","有司"曰"残暴",阙"喑呜叱咤"四字,"无茅"曰"使风驰电击平北咆哮",凡定二十三字,书亦遒劲。时余家从祖倅郑,故得其稿。今竟失去,不得与苏公手书并存,惜哉!

绍兴九年十月二十一日,诏皇太后宫殿名"慈宁"。三十日毕功,群臣上表云:"臣等言德之大者,必尽万物之报以称其礼;孝之至者,必得四表之心以宁其亲。天祚文武之隆,世基任姒之德。仰模太紫,前考异宫,宜昭揭于鸿名,以答扬于流泽。臣中贺。窃以来朝置卫,远存长乐之鸿名;中禁承颜,近著宝慈之茂实。皆以体王居于宸极,据宝执于坤灵。广一人钦爱之风,极万世尊崇之奉。载新令典,允属圣时。伏惟皇帝,达孝通于神明,要道形于德教。绍复大业,对越祖宗在天之灵;抑畏小心,躬蹈帝王高世之行。人与能而乐戴,天复命以中兴。上推履武之祥,丕启生商之庆。方且致天下之养,用寅奉于母仪;成路寝之威,示日严于子道。臣等率吁众志,恳款一词。爰藉合于前章,极崇施于显号。叶情文而并举,焕典册以增华。辇道中通,朝夕燕两宫之奉;珮环入觐,时节奉万年之觞。示垂裕于无疆,益储休于有美。伏请建皇太后宫殿,以'慈宁'为名。"时显仁太后尚羁敌庭,读此真堪为高庙泣下也。

鸡冠花,汴中谓之"洗手花"。中元节则儿童唱卖,以供祖先。今来山中,此花满庭,有高及丈余者。每遥念坟墓,涕泪潸然,乃知杜少陵"感时花溅泪",非虚语也。

顷从临安得见石晋授文穆王玉册,文曰:"惟天福八年岁次癸卯,十月丙午朔,六日辛亥,皇帝若曰:在天成象,拱辰分将相之星;惟帝念功,启土列侯王之国。朕所以法昊穹而光宅,稽典礼以疏封,而况世著大勋,时推令器。探宝符而嗣位,仗金钺以宣威。羽翼大朝,藩篱东夏。宜列诸侯之上,特隆一字之封。简自朕心,叶于舆论。咨尔保邦宣化忠正翊戴功臣,起复镇国大将军、右金吾卫上将军员外置同正员，检校太师兼中书令，杭州、越州大都督充镇海镇东等军节度，浙江东西等道管内观察处置兼两浙盐铁制置发运、营田等使，上柱国，吴越国王食邑一万七千户，实封四千户钱佐，为时之瑞，命世而生。负经文纬武之才，蕴开物成务之志。英华发外，精义入神。亚夫继社稷之勋，顾荣擅东南之美。眷言祖考，志奉国朝。清吴越之土疆，执桓文之弓矢。天资厥德，代有其人。荷基构以克家，事梯航而述职。殊庸斯在，信史有光。是举彝章，爰行盛典。土茅符节，方推翼世之资；黻冕辂车，更重荣勋之礼。斯为异数，允属真王。今遣光禄大夫、检校司徒行太子宾客、上柱国、太原县开国男、食邑三百户王玹，使副正议大夫、行尚书吏部郎中、柱国、赐紫金鱼袋赵熙等，持节备礼，册尔为吴越国王。於戏！周宠元臣，四履锡命；汉封异姓，八国始王。指河岳以誓功，俾子孙而袭爵。尔纂服旧业，朕考前文，勿忘必复之言，更广无穷之祚。懋昭前烈，尔惟钦哉。”

余家藏《春秋繁露》，中缺两纸，比从藏书家借对，缺纸皆然。即馆阁订本，亦复尔尔。不知当时校勘，受赏银绢者得无愧乎？后从相国寺资圣门买得抄本，两纸俱全，此时欢喜，如得重宝，架囊似为生气。及离乱南来，缺本且不可得矣。

东坡《欧公集序》云：“宋兴七十余年，民不知兵，富而教之，至天圣、景祐极矣。而斯文终有愧于古，士亦因陋守旧，论卑而气弱。自欧阳子出，天下争自濯磨，以通经学古为高，以救时行道为贤，以犯颜纳谏为忠。长育成就，至嘉祐末号称多士，欧阳子之功为多。”刘挚《司马温公文集序》云：“是文也，君天下者得之，足以鉴兴衰，通治体。公卿大夫得之，足以为忠嘉，尽臣节。士庶人得之，足以检身厉行，为君子之归。以至山颠水涯幽人放客得之，则浩歌流咏，斟酌厌饫，随取随足。”两公之文，真不愧苏、刘序言也。

国朝自建隆至靖康，自建炎至乾道，大赦凡一百二十有三，恩洽率土，可谓至矣。尝神宗即位，大赦诏曰：“夫赦令国之大恩，所以荡涤瑕秽，纳于自新之地，是以圣王重焉。中外臣僚，多以赦前事捃摭吏民，兴起讼狱，苟有诖误，咸不自安。甚非持心近厚之谊，使吾号令不信于天下。其曰诏内外言事，按察司毋得依前举劾，且按取旨，否则科违制之罪。"知谏院司马光上言:"切惟御史之职,半以绳按百辟,纠植奸邪之状,固非一日所为。国家素尚宽仁,数下赦令,或一岁之间,至于再三。若赦前之事皆不得言,则其可言者无几矣。万一有奸邪之臣,朝廷不知,误加进用,御史欲言,则违今日之诏;若其不言,则陛下何从知之?臣恐因此言者得以箝口偷安,奸邪得以放心不惧,此乃人臣之至幸,非国家之长利也。请追改前诏,刊去'言事'两字。"帝命光送诏于中书。

周显德中,尝诏王朴考正雅乐。朴以为十二律管互吹,难得其真,乃依京房为律准,以九尺之弦十三,依管长断分寸设柱,用七声为均,乐乃和。至景祐元年九月,帝御观文殿,诏取王朴律准观视,御笔篆写"律准"字于其底,复付太常秘藏,本寺模勒刻石于厅事。博士直史馆宋祁为之赞,其词曰:"有周有臣,嗣古成器。弦写琯音,柱分律位。俾授攸司,谨传来世。上圣稽古,规庭阅视。嘉御正声,亲铭宝字。奎钩奋芒,河龙献势。乐府增荣,乾华俯赉。用协咸韶,永和天地。"

元祐六年七月朔,皇帝既视文德朝,翰林学士拜疏于庭曰:"陛下即位,尊有德,亲有道。诏举贤良方正、经明行修、艺文之士,欲以幸教天下,甚惠。夫太学者,教化之原也,且先皇帝初斥三学舍,增弟子至三千员,惟圣上幸照临其宫。"上以问丞相,丞相曰:"学士议是。今岁屡丰贺,海内诚无事,而陛下聪明仁孝,好学出天性,不因是以风动四方,则事尚何可为者。况祖宗之旧章皆在可考,请下有司,讨论以进。"制曰"可"。以岁十月庚午驾自景灵宫,移伏谒孔子祠,入门降辇,步就小次,由东阶以升,奠爵再拜。礼官告礼成,然后退幸太学,诏博士皆升堂,坐诸生两庑下。乃命国子祭酒讲《书》之《无逸》终篇,因而幸武成王庙而过。左丞相实从,于是率诸公赋诗以形容之,在位者皆属和。十二月许至太学,祭酒、司业同其僚属以谋之曰:"此太平希阔盛事也,太学何敢私有,必刻金石以传之天下为称。"且属格非序其本末。格非窃惟成周之隆,其人君起居动作之美,载于诗、声于乐者,多出于左右辅弼之臣。而王之德意志虑,至设官而传道之,不为区区也。今丞相诸公赋诗,与《雅》、《颂》之作无异。祭酒欲传之天下，与道王之德意无异，宜刻石不疑。元祐七年正月丁酉谨序。此李公格非笔也。诸公诗皆七言，以"章庠行王堂"为韵。赋诗诸公为吕公大防、苏公颂、韩公忠彦、苏公辙、冯公京、王公岩叟、范公百禄、梁公焘、刘公奉世、顾公临、李公之纯、孙公升、马公默、范公纯礼、王公钦臣、孔公武仲、陈公轩、吴公安持、丰公稷、赵公挺之、李公师德、李公阶、王公谊、许公彦、孙公谔、蔡公肇、周公知默、傅公楫、宋公彬周、宋公商、吴公师仁、张公敦义、刘公符、陈公祥通、邓公忠臣、李公格非，凡三十六人。

东坡谓"食河鲀值得一死"。余过平江姻家，张谏院言南来无它快事，只学得手煮河鲀耳。须臾烹煮，对余方且共食，忽有客见顾，俱起延款。为猫翻盆，犬复佐食，顷之猫犬皆死。幸矣哉，夺两人于猫犬之口也。乃汴中食店以假河鲀饷人，以今念之，亦足半死。

余家所藏《燕丹子》一序甚奇，附载于此：目无秦，技无人，然后可学《燕丹子》。有言不信，有剑不神，不可不读《燕丹子》。从太虚置恩怨，以名教衡意气，便可焚却《燕丹子》。此荆轲事也，有燕丹而后有荆轲也。秦威太赫，燕怨太激，威怨相轧，所为白虹贯日，和歌变徵。我固知其事之不成，倚柱一笑，所谓报太子而成其为荆卿者乎？余本屠夫，不能学，亦不须读。第不忍付之宵烛，而录之以副予家卷轴，惜无作者姓名耳。

靖康已前，汴中家户门神多番样戴虎头盔，而王公之门，至以浑金饰之。识者谓"虎头男子"是"虏"字，金饰更是金人在门也。不三数年而家户被虏，王公被其酷尤甚。

政和四年，汝蔡有司上言，连山岩石往往采击多变玛瑙，地不爱宝，圣瑞非常，乞下诏封禁，以供御用。时遣中使出采粗者以供屏牏妆嵌，而晶莹成形，巧绝天工者，盖充满内府矣。然此亦靖康预征也。山者以譬国家磐石之安，变为玛瑙者，马为南方火，当国家以火德应之。瑙者，恼也，变磐石之安为火德忧恼也。

宣和三年二月，新郑门官夫淘沟，从助产朱婆婆墙外沟底，得一铜器如壶，两旁有环，腹上有线，其色翡翠，间之以绿，其文曰："绥和元年，供三昌，为汤宜造三十炼铜黄涂壶，容二斗，重十二斤八两。"涂工乳护纹级样。临主守在，亟同守令宝省，第重六斤耳。汉权虽减，不宜如许。权知开封府王革上之内府。

花石纲百卉臻集，广中美人蕉大都不能过霜节。惟郑皇后宅中鲜茂倍常，盆盎溢坐，不独过冬，更能作花。此亦后随北驾、美人憔悴之应也。

先正有《洛阳名园记》，汴中园圃亦以名胜当时，聊记于此：州南则玉津园，西去一丈，佛园子、王太尉园、景初园。陈州门外园馆最多，著称者奉灵园、灵嬉园。州东宋门外麦家园、虹桥王家园。州北李驸马园。西郑门外下松园、王大宰园、蔡太师园。西水门外养种园。州西北有庶人园，城内有芳林园、同乐园、马季良园。其它不以名著约百十，不能悉记也。

王荆公《字说序》云："文者，奇耦、刚柔杂比以相承，如天地之文，故谓之文。字者始于一二，而生于无穷，如母之字子，故谓之字。其声之抑扬、开塞、合散、出入，其形之衡从、曲直、邪正、上下、内外、左右，皆有义，皆出于自然，非人私知所能为也。"其言甚佳。奈《字说》多出私智，何耶？

程泰之《演繁露》云："唐人婚礼多用百子帐，特贵其名与婚宜，而其制度则非有子孙众多之义。盖其制本出大漠，特穹庐、拂庐之具体而微者耳。椿柳为圈以相连锁，百张百阖，为其圈之多也，故以百子名之，亦非其有百圈也。其弛张既成，大抵如今尖顶圆亭子，而用青毡通冒四隅上下，便于移置耳。"若今禁中大婚百子帐，则以锦绣织成百子儿嬉戏状，非若程说矣。

太宗兴国五年，泾州言定县妇人怒夫前妻之子，妇断其喉而杀之。下诏曰："刑宪之设，盖厚于人伦。孝慈所生，实由乎天性。矧乃嫡继之际，固有爱憎之殊，法贵原心，理难共贯。自今继母杀伤夫前妻之子，及姑杀妇者，并以凡人论。"庆历间，宁州童子年九岁，毆杀人，当弃市。帝以童孺争斗无杀心，止命罚金入死者家。开封民聚童子教之，有因夏楚死者，为其父母所讼。府上具狱，当抵死。宰相以为可矜，帝曰："情虽可矜，法亦难屈。"命杖脊赦之。九重之上，乃能究极民情如此。

临安有谚语，凡见人不下礼呼曰"强团练"。余不知其所自来。后得之长老，云钱氏有国时，攻常州，执其团练使赵仁泽以归，见王不拜，王怒，命以刀抉其口至耳。丞相元德昭救解云："此强团练，宥之足以劝忠也。"遂以药附创送归于唐，故至今以为美谈。

皇朝《玉牒》昉于至道，所载自太祖、太宗、秦王以下，子孙凡六百六人，公主附之。书以销金花白罗纸，黄金轴，销金红罗縹带，复墨漆饰金匣，红绵锦裹，金销钥。宗室始本支，次女氏，次始生，次宗妇，次宗女，次宫院，次官爵，次寿考，次赐赍。然秦王以下，太祖本支第云同姓，惟太宗已来称宗室云。

庆元四年九月朔，太史言日食于夜，而草泽言食在昼，验视如草泽言。嘉泰二年日食，五月朔太史以为午正，草泽赵大猷言午初三刻食三分，诏著作张嗣古监视浑仪，秘丞朱钦则等覆验。卒如大猷所言。史官乃抵罪。盖自渡江后历差多矣。

范文正之同寅而失欢于韩魏公，程伊川之儒正而见诮于苏子瞻，丁谓之小人而始荐于王元之，蔡京之奸邪而见取于司马温公，李丞相之拮据于建炎而有不展之讥，韩蕲王之威宣于金敌而有畏懦之议，皆不知其然而然者也。

乾德四年三月，遣僧行勤等一百五十七人访经西域。兴国五年，北天竺僧天息灾与施护，各持梵策来献。及中天竺僧法天有意翻译，乃诏内侍郑守钧于太平兴国寺大殿两度地作译经院，中设译经堂。其东序为润文堂，西序为正义堂。七年六月，院成，召息灾等三人入院，以所赍梵本各译一经。命光禄卿汤悦、兵部郎张洎润色，法进等笔受缀文，慧达苟证义。七月十二日，息灾等各上新译经二卷，诏镂版入藏。自是取禁中梵策藏录半载者译之，每诞圣节五月一日即献新经。八年改译经院为传法院，又置印经院。十月甲申，出新译经五卷示宰相。天禧五年十一月丁丑，以宰臣丁谓、王钦若为译经使。四年十二月丙子，夏竦上《译经音义》七十卷。景祐二年九月，法护惟净以华梵对参，为《天竺字源》七卷。

《册府元龟》凡一千卷，三十一部、千一百四门。门有小序，撰自李维等六人，而窜定于杨亿。其书止采六经、诸史、《国语》、《国策》、

《管》、《安》、《孟》、《晏》、《淮南》、《吕览》、《韩诗外传》及《修文御览》、《艺文类聚》、《初学》等书。即如《西京杂记》、《明皇杂录》等，皆摈不采。其编修官供帐饮馔，皆异常等。王钦若以《魏书》、《宋书》有"索虏"、"岛夷"之号欲改去，王文正公谓旧文不可改。又如杜预以长历推甲子多误，皆以误注其下而不改。帝下手诏，凡悖逆之事、不足为训者，删去之。复亲览，摘其舛误，多出手书诘问或召对指示商略，凡八年而成。然开卷皆常目所见，无罕觏异闻，不为艺家所重。

张佛子名庆，京师人也。以淳化元年生。生三岁而父母俱亡，亦无伯仲昆季，遂养于外戚赵氏。洎长，因袭姓赵，亦未知自明。赵氏之邻有郭荣者，世为右军巡院吏，赵氏因以庆属焉。郭氏告老，庆遂补郭氏之阙，实祥符三年也。庆之司狱，常以矜慎自持。好洁，狱囚必亲沐之，暑月尤数。每戒其徒曰："人之丽于法，岂得已哉？我辈以司狱为职，若不知恤，则罪者何所赴诉耶？"饮食、汤药、卧具必加精洁，常为其徒侮之，曰："若区区为此，乃欲要福乎？"庆亦莫之顾也。好看《法华经》，每有重囚就戮，则为之斋素，诵佛一月乃止。囚有无辜者，欲私释也，取具去乃祝之曰："若无举我，愿以具赎。若也坐罪，后遇囚得报，必自免。"其囚狱有讹鞫者，庆以至误于画，条令美言以喻之也，不讯考而疑狱常决，狱官往往属意焉。后庆年八十有二，无病而卒。其子亨官三班借职，亨六子，洪左藏库副使，锷、镈、铎元丰五年同登黄裳榜，镐、锐并显荐闻封。阴德有后乃如此。

转运使卢之翰为李继隆诬奏转运乏粮。太宗怒，召中使取之翰等三人首。时丞相吕端不敢言，枢密副使钱若水犯颜力净，之翰等得免，黜为行军副使。后之翰于都堂见钱，长揖不谢。吕丞相在坐，谓卢曰："君言枢相更生耶？"卢大言曰："钱公此举使明主不拒谏，大臣敢直言，律法无枉滥。所当谢者，在彼不在翰也。"吕为怃然。

《太玄》极为本朝儒旧诋议，然司马温公法之以著《潜虚》，邵康节每谓扬雄《太玄》不独知历法，且知历理。

有仇生者，少与富郑公善，后以失欢，游于韩公之门。未几，韩、富不协，迁怒仇，谓背有所短也。及魏公卒，富公至不往吊，且欲甘心于仇。或谓仇须面诣谢，仇曰："刺骨之恨，岂送面可消？但富公正人，韩公君子，短正人于君子之前，能不入于妒妇之条乎?"富公闻之，于是释然。所谓难以情求，可以理谕也。第不吊韩公，至竟为富公身后名累。

余尝见太子玉册用珉玉简六十枚，前后四枚，刻龙填金，贯以金丝，藉以锦褥，盛以漆匣，装以金华，饰以螭首。今请用珉简七十五枚。

清 波 杂 志

[宋] 周　辉　撰
秦　克　校点

校 点 说 明

　　《清波杂志》十二卷，宋周辉撰。周辉，字昭礼，泰州（今属江苏）人。南宋前期在世，一生不仕，往来南北间，晚年定居在杭州，"居清波门，日往来湖山间，把酒赋诗，悠然自得其乐"（龚颐正《清波杂志》跋）。《清波杂志》就是他在这时写成的，以"寓居中都清波门之南，故因以名其集"（张贵谟《清波杂志》序）。书前自序署年绍熙壬子，即宋光宗绍熙三年（1192）。

　　周辉在卷首识语中云："辉早侍先生长者，与聆前言往行，有可传者。岁晚遗忘，十不二三，暇日因笔之。"这是他撰写此书的宗旨，也说出了此书的特点所在。周辉的父亲周邦，字德友，号松峦，一生在各地任幕职，颇有文才，又留心掌故，著有《松峦杂志》二十卷和《政和大理入贡录》一卷（均佚）。周辉深受父亲影响，"家藏故书几万卷，平时父子自相师友，其学问源委盖不同如此"（张贵谟《清波杂志序》）。因此，这部作于周辉晚年的笔记，确如张贵谟序所称"纪前言往行及耳目所接，虽寻常细事，多有益风教，及可补野史所阙遗者"，具有较高的史料价值。

　　《清波杂志》现存宋刊本、明商濬《稗海》本、清鲍廷博《知不足斋丛书》本和《四库全书》本等。今人刘永翔有《清波杂志校注》，最称精审。此次整理，以《四部丛刊》影印常熟瞿氏铁琴铜剑楼藏宋刊本为底本，并参校他本，凡底本有讹误者径行改正，不出校记。底本目录中有目无文者，如卷三"优伶"一目予以删除；底本有文而无目或文目不符者，则一仍其旧，以存原貌。正文中原无标题，为便阅读检索，特据目录所载补入。

目　　录

卷六

卷七

序

余故人周昭礼，嗜学攻于文，当世名公卿多折节下之。余与昭礼定交，今不翅二十年矣，每一别再见，喜其论议益该洽，文益工。今老矣，而志益壮。一日，示余以所撰《清波杂志》十有二卷，纪前言往行及耳目所接，虽寻常细事，多有益风教，及可补野史所阙遗者。盖昭礼家藏故书几万卷，平时父子自相师友，其学问源委盖不同如此。今寓居中都清波门之南，故因以名其集云。

绍熙癸丑春，古括张贵谟序。

卷一

　　煇早侍先生长者,与聆前言往行,有可传者。岁晚遗忘,十
不二三,暇日因笔之。非曰著述,长夏无所用心,贤于博弈云尔。
时居都下清波门,目为《清波杂志》。绍熙壬子六月,淮海周
煇识。

潜邸瑞应

　　高宗由康邸使虏庭,开大元帅府于相州,继登宝位,再造王室。
一时霸府攀附,自汪丞相伯彦而次。建炎初,诏省记事迹,成书来上,
付之史馆。其间所纪符瑞,如冰泮复凝,红光如火,云覆华盖,其类不
一。独诸路文书申帅府,或曰康王,或曰靖王。有解拆"靖康"二字,
乃"立十二月而立康王",祥契昭灼如此。时识者谓本朝无亲王将兵
在外故事,忽付大元帅之柄于皇弟,盖本天意云。

裨将善相

　　高宗初被命渡河,随军一裨将某善人伦,密语同列曰:"大王神观
甚佳,此行必成大事。舍人、观察亦保终吉。但资政气貌甚恶,祸只
在旦夕。"资政,谓王云也,时以资政殿学士辅行,行至磁州,果被害于
应王庙。中书舍人耿延禧、观察使高世则,时皆参谋议于幕府。

颍川郡王

　　神宗初出阁,封颍川郡王。既即位,升颍州为节镇。久之,觉其
非,遂以许州为颍昌府,人比之"坊州生杜若",吏部侍郎张舜民尔。

尝考神宗嘉祐九年授忠武军节度使,封淮阳郡王,治平元年封颖王,三年立为皇太子,初不曾封颖川郡王。政和间,工部侍郎刘嗣明奏:"恭惟神宗皇帝自忠武军节度使、颖王登大位,其忠武军止缘遥领节制,已升为颖昌府,有颖川系受封兴王之地,伏望崇建府号。"遂以颖州为颖川府,依旧顺昌军额,悉符前说。

普 安 院

五代时,有僧某卓庵道边,艺蔬丐钱。一日昼寝,梦一金色黄龙,食所艺莴苣数畦。僧寤,惊且曰:"必有异人至。"已而见一伟丈夫,于所梦之所取莴苣食之。僧视其状貌凛然,遂摄衣延之,馈食甚勤。顷刻告去,僧嘱之曰:"富贵无相忘。"因以所梦告之,且曰:"公他日得志,愿为老僧只于此地建一大寺。"伟丈夫乃艺祖也。既即位,求其僧,尚存。遂命建寺,赐名"普安",都人称为"道者院"。则寿皇圣帝王封之名,已兆于此。

新 兴 吴 安

高宗自相州提兵渡河,初程宿顿,问地名,以新兴店对。幕府进言:"大王治兵讨贼,行绍大统,而初宿新兴,天意若曰:'宋室中兴,其命维新。'"且以太平兴国中宋捷之语为证。绍兴辛巳,视师江上,至无锡,幸惠山酌泉。泉上有汲桶,桶间书"吴安"二字。吴安,阍隶姓名也。侍卫者偶见之,皆喜谓吴地可安,或云亦尝达于圣听。顷得此说于惠山主僧法皡。普安等名虽不同,其为佳谶则一也。

思 陵 俭 德

高宗践阼之初,躬行俭德,风动四方。一日,语宰执曰:"朕性不喜与妇人久处,早晚食只面饭、炊饼、煎肉而已。食罢,多在殿旁小阁垂帘独坐。设一白木卓,置笔砚,并无长物。"又尝诏有司毁弃螺填倚卓等物,谓螺填淫巧之物,不可留。仍举:"向自相州渡大河,荒野中寒甚,烧柴,借半破瓷盂,温汤渰饭,茅檐下与汪伯彦同食。今不敢忘。"绍兴间,复纡奎画以记损斋,损之又损,终始如一,宜乎去华崇实,还淳返朴,开中兴而济斯民也。

建 康 行 宫

绍兴二年,修建康府行宫,以图进呈。被旨:"可只如州治修盖。一殿之费,虽未为过,而廊庑亦当相称,则土木之侈,伤财害民,何所不至。象箸之渐,不可不戒。"由是制度简俭,不雕不斫,得夏禹卑宫室之意。

娄寅亮请立嗣

朱弁,新安人。建炎戊申岁,副王伦使虏被留,馆于云中。绍兴壬子岁,王先得还。至绍兴癸亥,约和已定,朱方南归。尝著《曲洧旧闻》,云:"仁宗时最先言皇嗣者,明州鄞县尉,不记其姓名。阅岁久之,又经此丧乱,史家亦不复载,为可惜。"辉绍兴间,得娄寅亮奏札曰:"先正有言:'太祖舍其子而立弟,此天下之大公也。周王薨,章圣选宗室子育之宫中,此天下之大虑也。'仁宗皇帝感悟其说,诏英宗入继大统,文子文孙,宜君宜王,遭罹变故,不断如带。今有天下者,独陛下一人而已。恭惟陛下,克己忧勤,备尝艰险,春秋鼎盛,自当'则百斯男'。属者椒寝未繁,前星不耀,孤立无助,有识寒心。天其或者深戒陛下,追念祖宗公心长虑之所及乎?崇宁以来,谀臣进说,独推濮王子孙以为近属,余皆谓之同姓,致使昌陵之后,寂寥无闻,奔迸蓝缕,仅同民庶。臣恐祀丰于昵,仰违天鉴,艺祖在上,莫肯顾歆。此二圣所以未有回銮之期,黠虏所以未有悔祸之意,元元未有息肩之时也。欲望陛下于子行中,遴选太祖诸孙有贤德者,视秩亲王,使牧九州,以待皇嗣之生,退处藩服;更加广选宣祖、太宗之裔,材武可称之人,升为南班,以备环列。庶几上副在天之灵,下系人心之望。臣本书生，叨擢科第，白首选调，垂二十年，今将告归，不敢终嘿。位卑言高，罪当万死，惟陛下裁赦。"娄，初不知其出处，近闻乃温州人，字陟明，擢政和二年进士乙科，曾任察官。属乡邦大浸，父子皆没于水。或云论事之疏，不止于此。

赦 书 二 本

高宗即位于南京，肆赦文有两本，首尾皆同。如"道君发德音而罪己，退辞履位之尊；乾龙以震长而继天，首正误国之罪。悉捐金币，分割膏腴。思爱惜于两朝，忍轻加于一矢。生灵受赐，夷夏闻风。要质贤王，既驱车而北渡；连结异域，复拥众以南侵。慨溪壑之无厌，昧蜂虿之有毒。廷臣乏策，虏使诡和。款貔虎以退师，致金汤之失险。肆令狼子，荐食都畿"等语，与今所传本异，盖时有忌器之嫌也。皆太常少卿滕康行。滕后签书枢密院，南京人。

祖 宗 家 法

哲宗御迩英阁，召宰执暨讲读官讲《礼记》、读《宝训》。顾临读至："汉武帝籍提封为上林苑。仁宗曰：'山泽之利，当与众共之，何用此也！'丁度对曰：'臣事陛下二十年，每奉德音，未始不本于忧勤，此盖祖宗家法尔。'"读毕，宰臣吕大防等进曰："祖宗家法甚多。自三代以后，唯本朝百三十年中外无事，盖由祖宗所立家法最善。臣请举其略：自古人主事母后，朝见有时，如汉武帝五日一朝长乐宫。祖宗以来，事母后皆朝夕见，此事亲之法也。前代大长公主用臣妾之礼，本朝必先致恭，仁宗以侄事姑之礼见献穆大长公主，此事长之法也。"上曰："今宫中见行家人礼。"大防等曰："前代宫闱多不肃，宫人或与廷臣相见，唐入阁图有昭容位。本朝宫禁严密，内外整肃，此治内之法也。□□□□□□□□□□□□□□前代宫室多尚华侈。本朝宫殿止用赤白，此尚俭之法也。前代人君虽在宫禁，出舆入辇。祖宗皆步自内庭，出御后殿，岂乏人力哉？亦欲涉历广庭，稍冒寒暑尔，此勤身之法也。前代人主在禁中，冠服苟简。祖宗以来，燕居必以礼。窃闻陛下昨礼毕，具礼服谢太皇太后，此尚礼之法也。前代多深于用刑，大者诛戮，小者远窜。唯本朝用法最轻，臣下有罪，止于能黜，此宽仁之法也。至于虚己纳谏，不好畋猎，不尚玩好，不用玉器，饮食不贵异味，御厨止用羊肉，此皆祖宗家法所以致太平者。陛下不须远法前代，但尽行家法，足以为天下。"上甚然之。列圣家法之盛，大臣启迪之忠，皆可书而诵也。

元 祐 大 婚

元祐大婚，吕正献公当国，执议不用乐。宣仁云："寻常人家娶个新妇，尚点几个乐人，如何官家却不得用？"钦圣云："更休与他懑宰执理会，但自安排着！"遂令教坊、钧容伏宣德门里。皇后乘翟车甫入，两部阓门众乐具举。久之，伶官辇出赏物，语人曰："不可似得这个科第相公，却不教用！"《实录》具书纳后典礼，但言婚礼不贺，不及用乐一节。王彦霖《系年录》载六礼特详，亦不书此。

册 后 典 礼

宰臣吕大防等言："昨奉圣旨宣谕：'皇帝纳后有期，已令入内内侍省检举施行者。'伏以涂山启夏，渭涘兴周。予娶度土之辰，亲迎造舟之地。若稽盛典，适契亨期。将开前寝之模，宜谨曲台之议。恭惟皇帝陛下，天锡仁孝，日新光明。躬亲万几，虽禀东朝之训；表帅九御，尚虚中壶之尊。伊欲迓于家邦，必先正其服位。太皇太后殿下，念宗祊之奉，笃风教之先。历询庆门，咨求淑媛。将协定祥之兆，当陈备物之严。嘉命惟行，体二仪之判合，旧章可举，在六礼之亲成。自纳采至于告期，縣命使讫乎上礼，车服有等，币贽有常。古今相沿，方册具载。臣等不胜大愿，伏望诞颁明诏，豫敕奉常，考沿革于前王，参节文于通礼，制为成式，付在有司。衮冕毂圭，益重谨昏之义；金根骐马，悉全象物之宜。足以彰有命之自天，知得贤之配圣。善承亿载,流化万方。凡在怀生,率同大庆。"太皇亦降答诏。前辈谓元祐纳后礼制,视天圣、景祐,讨论特为详备。天祐皇家,母仪得昭慈之贤。其后拨乱返正,翊戴中兴之主,功参十乱,兹谨具著焉。

配　享

国朝配享功臣于太庙横街南,东西相向设位。太祖室:赵普、曹彬。太宗室:薛居正、石熙载。真宗室:李沆、王旦、李继隆。仁宗室:王曾、吕夷简。英宗室:韩琦、曾公亮。神宗室:富弼、曹玮。哲宗室:司马光。徽宗室:韩忠彦。高宗室:吕颐浩、赵鼎、韩世忠、张俊。视祖宗文武臣各用二人侑食,盖中兴将相勋烈之盛,不得而遗也。

金　宝　牌

天圣初元,内出圣祖神化金宝牌,令景灵宫分于在京宫观寺院及外州名山圣迹之处。牌长三尺许,厚寸余,文十二,曰"玉清昭应宫成天尊万寿金宝"。背文五,曰"永镇福地敕"。其周郭隐应虬龙花葩之状,精彩焕耀。封以绛囊,盛以漆匣。或云用王居正药金所制。凡不经兵革州郡,皆宝藏之。辉尝见于上饶天庆观,盖留龙虎山。

印　文

顷见唐人官告,印文细如丝发。本朝印文粗厚。漫泐迟速虽系官府事之繁简,旧传唯三司、开封为省府,事最繁剧,所用印岁一易。今学士院印乃景德年铸,在京百司所用无如此久者。

赴　调　期　限

旧制:凡罢官,三月不赴部选集者有罚。辉见耆旧云:承平时,州县多阙官。得替还乡，未及息肩，已竭蹶入京，授见次即趣赴上。一季、半年，已为远阙。到国门即入朝集院，支俸，差剩员，破官马，事事安便，与今异矣。

掌　书　诏

政、宣间，掌朝廷书诏者，朝士常十数人。主文盟者，集众长而成篇。靖康垂帘告天下手书，出太常少卿汪藻笔。绍兴间，婉容刘氏进位贵妃，亦特命监察御史王纶草制。或云：时宰与王同里，欲其沾赐金，故临期特畀权内制。

用　兵　利　害

苏东坡言：少时与父并弟同读富韩公《使北语录》，至于说大辽国主云："用兵则士马物故，国家受其害；爵赏日加，人臣享其利。故凡北朝之臣劝用兵者，乃自为计，非为北朝计也。"三人皆叹其言明白，切中事机。老苏谓二子曰："古人有此意否？"坡对曰："严安亦有此意，但不明白。"老苏笑以为然。辉观《三国志·顾雍传》：孙权时，沿边诸将各欲立功自效，多陈便宜，有所掩袭。权以访雍，雍曰："兵法戒于小利，此等所陈，欲邀功名而为其身，非为国也。"又读《通鉴》：唐武德五年，突厥犯边，郑元璹诣颉利，说之曰："唐与突厥，风俗不同，突厥虽得唐地，不能居也。今虏掠所得，皆入国人，于可汗何有？不如旋师，复修和好，可无跋涉之劳，坐受金币，又皆入可汗府库，孰与弃昆仲积年之欢，而结子孙无穷之怨乎？"颉利悦，引兵还。开元六年，吐蕃求和，忠王友皇甫惟明求奏事，从容言和亲之利，明皇未然。惟明力言边境有事，则将吏得以因缘盗匿官物、妄述功状以取勋爵，此皆奸臣之利，非国家之福。乃许其和。盖皆祖述严安之言也。后东坡载其说于《郑公神道碑》之首。张文定公当仁庙时，论人臣劝用兵，亦有"事成身蒙其利，不成则陛下任其患"之语。

改　秩

　　选人改秩,今当员多阙少时,须次动六七年,成六考无玷阙,方幸寸进,戛戛乎难哉！近制:改京官岁有定额,且减荐数。有凭藉者亦不待求而得之。每患艰得职司,若止许用职司一员,庶俾孤寒均得应格。昔有胡宗英者该磨勘,引见日,仁宗惊其年少,举官逾三倍。阅其家状:父宿,见任翰林学士。乃叹曰:"寒畯安得不沉滞！"遂降旨,止与循资。熙宁间,一选人以贵援得京削十三纸。引见日,神宗云:"有举状一十三纸者,是甚人？"特与改次等官。于是权势耸然。幕职、州县官以荐改京官者,其数如格,则移刑寺问。举者无罪故,乃得磨勘,而注籍以待引见。至引见,又移问如初。有罪故而不足于数者,辄罢去。考功郎赵岏请勿再移问,从之。仁人之言也。岏乃清献公之子。

庆 寿 推 恩

　　国家庆寿典礼,千古未闻锡类施泽下逮士庶,妇人、高年亦加版授,诚不世之恩也。然增加年甲,伪冒寖出,向来台臣固已论列,而严保任之制。近见一文士作《温阳老人对》,切中此弊。其辞曰:"温阳之山有老人,行年一百二十矣。淳熙登号之三年,朝廷举行旷世之典,有采樵者进而问之曰:'今天子朝太上皇德寿宫,奉玉卮上千万岁寿,肆大号,加恩区内,无问于已仕未仕之父母,第其年之如诏者而授之官。叟何为而弗与？'老人对曰:'吾未及其年。'樵者曰:'叟年逾期颐,若为而未及？'对曰:'天有二日,人有二年:有富贵之年,有贫贱之年。富贵之年舒以长,贫贱之年促以短。吾自幼至老,未尝识富贵之事。身不具毛褐,不知冰绡雾縠之为丽服也;口不厌藜藿,不知熊蹯豹胎之为珍羞也;目不睹靡曼之色,而蓬头齞唇之与居;耳不听丝竹之音,而尧歌牧啸之为乐。今吾虽阅一百二十二年之寒暑,而不离贫贱,若以二当一,则吾之年始六十有一,与诏不相应,是以为未及,又何敢冒其官?'曰:'今之世有年未及,益其数,求以应诏者,朝廷亦官之,何也?'对曰:'彼富贵者也,吾固言之矣,是所谓以一而当二者也。其学宁越之徒欤? 吾侪小人,不敢求其比。'樵者笑而退。"煇既得其说,窃惟主上孝奉三宫,十年一讲盛礼,鸿恩锡类,方兴未艾。在位者其思有以革之,庶几名器增重,不致冒滥,人得以为荣。

卷二

蔡童罪恶

建炎元年五月一日,高宗即位赦书:"应蔡京、童贯、王黼、朱勔、李彦、梁师成、谭稹及其子孙,皆误国害民之人,见流窜者更不收叙。"二日降手诏:"宣仁圣烈皇后,保佑哲宗,有安社稷大功。奸臣怀私,诬蔑圣德,著在国史,以欺后世。可令国史院别差官撅实刊修,播告天下。其蔡卞、邢恕、蔡懋三省取旨行遣,仍不得用建炎元年五月一日赦。"议者谓中兴新政,孰先于此,抑推原祸乱之自云。

王黼身任伐燕

王黼一日在相国寺行香,见蔡京以太师、鲁国公揭榜,小立其下,深有羡慕之色。亲厚者乘间叩之,黼曰:"无他,不谓元长有许大官职!"其人因言:"太宰若能承当一大事,元长官职不难致。"黼识其意,乃身任伐燕之责,后亦致位太傅、楚国公。且许服紫花袍,增益驺导,并张青罗盖,涂金从物,略与亲王等,宠遇埒于京。及夫事变,适开封尹聂山有宿怨,遣武吏追蹑,戕于雍丘辅固村,民家取其首以献,以遇盗闻。议者惜不与童贯辈明正典刑,顾乃回枉如此。同时蔡攸、翛亦赐死。翛闻命曰:"误国如此,死有余辜,又何憾焉。"乃饮药。而攸犹与不能决,左右授以绳,攸乃自缢而死。或以靖康刑戮为疑,识者云:"祖宗特不诛大臣尔,若首祸贼党,罪恶显著,在天之灵当亦不赦也。"

右府太尉

五十年前,有通右府书,称"枢密太尉"。盖旧制:文臣为枢密使，皆带检校太尉。东坡《贺文潞公正位兵府书》，亦有"太尉"之称。官称随时改易，不可一概论。元丰前，枢密院奏荐子弟，皆补班行。

凉　伞

京城士庶，旧通用青凉伞。大中祥符五年，唯许亲王用之，余并禁止。六年，始许中书、枢密院依旧用伞出入。近时臣寮建议士庶用皂伞者，不闻施行。政和间，亦诏非品官之家，不许乘暖轿。武臣任主兵差遣、缘边安抚官走马承受，并不得乘轿，亦绍圣之制。

修书谬无赏

蒲宗孟左丞，因奏书请官属赏，神宗曰："所修书谬，无赏。"宗孟又引例，仪鸾司等当赐帛，上以小故未答。右丞王安礼进曰："修书谬，仪鸾司恐不预。"上为之笑，赐帛乃得请。率然一言，而当于理。

疑　狱

诸疑狱当奏而不奏，科罪如法；不当奏辄奏者，勿坐。此法既行，全活多矣。元丰诏大理兼鞫狱事，多上所付。大理卿韩晋卿独持平核实，无所观望，人以不冤。神宗知其材，凡狱难明，及事系权贵者，悉以委晋卿。天下大辟请谳，执政或以为烦，将劾不应谳者。晋卿曰："听断求生，朝廷之心也。今谳而获戾，谳不至矣。"议者或引唐覆奏令，欲天下庶狱悉从奏决。晋卿曰："法在天下而可疑可矜者上请，此祖宗制。曰今四海万里，一欲械系待朝命，恐罪人之死于狱，多于伏辜者。"朝廷皆从之。韩，密州安丘人。

沙门岛罪人

旧制：沙门岛黥卒溢额，取一人投于海。殊失朝廷宽贷之意。

乞后溢额,选年深至配所不作过者移本州。神宗深然之,著为定制。乃马默知登州日建明也。

应天下疑狱,并具本末,奏取敕裁。此说既行,凡有奏疑,未尝不免。迨元丰八年,诏:"自今天下州军,勘到强盗,情理无可悯、刑名无疑虑,辄敢奏闻者,并令刑部举驳,重行朝典,不得用例破条。"正与前说相反。

马 子 约 阴 德

马子约之父知登州,乞以流海岛溢额之卒移本州牢城,以广好生之德。从之。马梦有告之者:"尔本无子,且无寿,上帝以尔请贷罪人,赐一子,且益寿"云。

扁　　榜

旧立扁榜,必系以亭堂齐阁之名,今或略去。尝见黄冈所刻《东坡墨迹》,一帖云:"新居在大江上,风云百变,足娱老人。有一书斋名'思无邪斋'。"若欲省文,去下一"斋"字,何不可者。盖亦随时所尚尔。

绍 兴 置 衫 帽

自昔人士皆著帽,后取便于戎服。绍兴丙子,魏敏肃道弼贰大政,一日造朝,预备衫帽,朝退,服以入堂,盖已得请矣。一时骤更衣制,力或未办,乃权宜以凉衫为礼,习以为常。乾道间,王日严内相申请,谓环一堂而围座,色皆浅素,极可憎,乞仍存紫衫。至今四十年不改。前此,仕族子弟未受官者皆衣白,今非跨马及吊慰不敢用。

凉　衫

士大夫于马上披凉衫，妇女步通衢，以方幅紫罗障蔽半身。俗谓之"盖头"，盖唐帷帽之制也。笼饼、蒸饼之属，食必去皮，皆为北地风埃设。旧见说汴都细车，前列数人持水罐子，旋洒路过车，以免埃坌蓬勃。江南阶衢皆甃以砖，与北方不侔。

表　章　用　字

客有言表章所用字，有合回互处。若"危"、"乱"、"倾"、"覆"之类；通朝士书，如"罪出"、"忧去"，甚至以"申谢"为"叙谢"。初以为过。及见元祐一小说，言苏明允作《权书》，欧阳公大奇之，为改书中所用"崩"、"乱"十余字，奏于朝。哲宗尝书郑谷《雪诗》于扇，"乱飘僧舍茶烟湿"，改"乱飘"为"轻飘"。

诸　公　前　身

房次律为永禅师，白乐天海中山；本朝陈文惠南庵，欧阳公神清洞，韩魏公紫府真人，富韩公昆仑真人，苏东坡戒和尚，王平甫灵芝宫。近时所传尤众，第欲印证今古名辈皆自仙佛中去来。然其说类得于梦寐渺茫中，恐止可为篇什装点之助。

东　坡　八　赋

东坡在海外语其子过曰："我决不为海外人，近日颇觉有还中州气象。"乃涤砚焚香，写平生所作八赋，当不脱误一字以卜之。写毕，大喜曰："吾归无疑矣！"后数日，廉州之命至。八赋墨迹，初归梁师成，后入禁中。辉在建康，于老尼处得东坡元祐间绫帕子上所书《薄命佳人诗》，末两句全用草圣，笔势尤超逸。尼时年八十余矣。又于吕公经甫少卿家见所书《伤春词》，虞部文甫，少卿父也。二墨迹屡经兵火而尚存，诚宜珍秘。吕乃申公之后。

重 湖 诗

绍兴辛酉，辉随侍之鄱阳。至南康扬澜、左蠡，失舟，老幼仅以身免。小泊沙际，俟易舟。信步至山椒一寺，轩名重湖。梁间一木牌，老僧指似是乃苏内翰留题。登榻观之，即"八月渡重湖，兼条万象疏。秋风片帆急，暮霭一山孤。许国心犹在，康时术已虚。岷峨千万里，投老得归无"诗也。欲漫，尚可读。僧云以所处深险，人迹不到，故留至今。然律诗而用两韵，叩于能诗者，曰：诗格不一。如李诚之《送唐子方》亦两押"山"、"难"字韵，政不必拘也。而坡《歧亭诗》凡二十六句，而押六韵。或云无此格，韩退之有《杂诗》一篇二十六句，押六韵。

小 孤 祠

辉平生四泛大江，备尝艰险，共载生死，系于沉浮之间。每过龙祠，薰炉沥觞唯谨。无屋宇，但植一竿，亦致冥币于中流。至小孤山，谒庙，见幡脚及花瓶中小青蛇盘结，举首蜿蜒者甚众，祝者云神今日在庙歆享而然。归舟，夜梦入庙如仪，且口占祝文。既觉，但记"浩若川流，傥不葬于鱼腹；赫然庙貌，尚可荐于豚蹄"一联耳。

妇 女 夹 拜

男子施敬于妇女，男一拜，妇答两拜，名曰"夹拜"，古礼也。今则不然。古之男女皆跪，诗曰："长跪问故夫。"或问妇跪如何，尝闻海上之国，僧尼妇人皆作男子拜，拜尚不以为异，则跪宜有之。

狄 武 襄 像

向在建康,于邻人狄似处,见其五世祖武襄公收侬智高时所带铜面具及所佩牌,上刻真武像。世言武襄乃真武神也。又出使相判陈州告身,皆五色金花绫纸十七张,晕锦褾袋,犀轴、紫丝网皆备。后于友人欧阳俊处,得其远祖文忠公自初进擢至赠谥纶告,一无遗者,可谓故物,不愧郑公之笏。两家其能终保存耶?

青 沙 烂

武襄赴陈州,不怿,语所亲曰:"青此行必死。"问其然,曰:"陈州出一梨子,号'青沙烂'。今去本州,青必烂死。"一时虽笑之,未几果卒。初实戏谈,适会其死耳。似云初无此说,好事者为之。或云当时狄为都人指目,故为是无稽之言以为笑端。判陈州,竟因疑似。熙宁改元,青子谘入对,上问青征南有遗书否,乃上《平蛮记》及"归仁铺战阵"二图。上乃自为文,遣使即其第祭之。其文具载《实录》。

书 画

信安孟王仁仲,酷嗜法书名画,且能别真赝。帅建康日,知先人素从后湖苏养直征君游,托移书求仇池故砚。苏答云:"抄掠之余,所存百骸九窍耳。平生长物,岂复一毫,况仇池之尤物乎?公殆索我于昔之隐几者也。"孟见之,笑曰:"只是不肯见畀尔。"后数年,黄山谷甥洪仲本,托先人以一画致于孟,乃枯桢上一鹰,实山房李公择尚书故物,补破处,龙眠笔题作"钟隐"。米元章《画史》云李后主号钟山隐居,疑后主笔也。而《名画录》自有钟隐,南唐人,未知孰是。或谓古画必有对,后闻并归于孟氏。钟隐,天台人,隐于钟山,遂为姓名。李方叔为赵德麟品德隅斋画,备书其艺之妙。

优　伶

韩魏公领四路招讨,驻延安。忽夜有携匕首至卧内者,乃夏人所遣也。公语之:"汝取我首去。"其人曰:"不忍,得谏议金带足矣。"明日,公不治此事。俄有守陴者以元带来纳,留之。或曰:"初不治此事为得体,卒受其带,则堕奸人计中矣。"公叹非所及。元丰间,亦有守边者一夕失城门锁,亦不究治,但亟令易而大之。继有得元锁来归者,乃曰:"初不失也。"使持往合关键,蹉跌不相入。较以纳带,似得之。岂大贤千虑,未免一失乎?延安刺客,乃张元所遣。元本华阴布衣,使气自负,尝再以诗干魏公,公不纳,遂投西夏而用事。迨王师失律于好水川,元题诗于界上僧寺云:"夏竦何曾耸,韩琦未是奇。满川龙虎舆,犹自说兵机!"其不逊如此。熊子复著《九朝通略》,于康定元年书:"华州进士张源逃入元昊界,诏赐其家钱米以反间之。"却用此"源"字。

神　御　殿

嘉祐中,修睦亲宅神御殿,欧阳文忠公言:"祖宗庙貌,非人臣私家所宜有。"罢之。宣和间,朱勔在苏州,即私室建神御殿,奉御容其中,监司、郡邑吏,每朔望皆拜庭下。熙宁间,宗室鲁王等亦建神御于本宫。议臣谓:"诸侯不得祖天子,公庙不设于私家。今宗室有祖宗神御,非所以明尊卑、崇正统也。宜一切废罢。"从之。近属王宫,尚有法禁;小臣私室,岂应得为!

蔡京东明谶

徽宗召天下道术之士,海陵徐神翁亦至。神翁好写字与人,多验。蔡京得"东明"二字,皆谓东明乃向日之方,可卜富贵未艾。后京贬死潭州城南五里外东明寺,比之六贼,独免诛戮。或谓以其当轴时，建居养、安济、漏泽，贫有养，病有医，死有葬，阴德及物所致。其然乎？当是时，有司观望，奉行失当，于居养、安济，皆给衣被器用，专雇乳母及女使之类，资给过厚，常平所入，殆不能支，致侵扰行户。宣和初，复诏裁立中制，未几遂废。

青　布　条

京之卒，适潭守乃其仇，数日不得殡，随行使臣辈藁葬于漏泽园，人谓得其报。此说止见于《靖康祸胎记》。宣和间，京师染色，有名"太师青"者，迨京之殡，无棺木，乃以青布条裹尸，兹其谶也。

蔡京二事母养　铸钱样

京在相位，偶在告未出。有某氏，先在两家各生一子。后二子入从，争欲迎母归养，未知适从。事至朝廷，执政无所处，持以白京。京曰："此亦何难，第问其母愿归何处。"一言遂决。又一岁，户部欠郊费若干，长、贰堂白，京唯唯。期逼，申言之，答以"徐之"。旋闻下文思院铸钱样，亦叵测。时富商大贾在京识事者，惩屡变盐法之害，亟以所蓄箕请钞旁。不数日，府库沛然。

玉　盏　玉　卮

徽宗尝出玉盏、玉卮，以示辅臣，曰："欲用此于大宴，恐人以为太华。"京曰："臣昔使虏，见有玉盘盏，皆石晋时物。指以示臣，谓南朝无此。今用之上寿，于理毋嫌。"

徽宗曰："先帝作一小台，财数尺，上封者甚众，朕甚嘉之。此器已就久矣，惧人言复兴。"京曰："事苟当于理，人言不足恤也。陛下当享天下之养，区区玉器，何足道哉！"其不能纳忠，大率如此。

呼 子 为 公

京怀奸固位,屡被逐而不去。王黼切忌之,百方欲其去,乃取旨遣童贯偕其子攸往取表。京以攸被诏同至,乃置酒留贯,攸亦预焉。京以事出不意,一时失措,酒行,自陈曰:"京衰老宜去,而不忍遽乞身者,以上恩未报,此二公所知也。"时左右闻京并呼其子为"公",莫不窃笑。欲去宰辅取表,自京始。尝考晁错更汉令,诸侯喧哗。错父闻之,从颍川来,谓错曰:"上初即位,公为政用事,侵削诸侯,疏人骨肉,口语多怨公,何谓也?"错曰:"固也。不如此,天子不尊,宗庙不安。"父曰:"刘氏安矣,晁氏危,吾去公归矣!"凡三呼其子为公,史笔书之,亦以表其失言。

失 认 旗

蔡攸副童贯出师北伐,有"少保节度使"与"宣抚副使"二认旗从于后。次日,执旗兵逃去,二旗亦失之。识者知为不祥。既行,徽宗语其父京曰:"攸辞日,奏功成后,要问朕觅念四、五都知,其英气如此。"京但谢以"小子无状"。二人乃上宠嫔,念四者,阎婕妤也。

表 忠 碑

京得东坡《表忠观碑》,读至"天目之山,苕水出焉",谓坐客曰:"是甚言语?"初不知"某之山某水出焉",郦元《水经》格也。王荆公得《表忠观碑》,顾坐客曰:"似何人之文?"自又曰:"似司马迁。"自又曰:"似迁何等文?"自又曰:"《汉兴诸侯王年表》也。"邵溥公济云:迁死,亡景帝、武帝二纪、礼、乐等书、三王世家,乃元成间褚先生补作,非迁之书也。

王荆公日录

王荆公《日录》八十卷，毗陵张氏有全帙，顷曾借观。凡旧德大臣不附己者，皆遭诋毁；论法度有不便于民者，皆归于上；可以垂耀后世者，悉己有之。尽出其婿蔡卞诬罔。其详具载陈了斋莹中《四明尊尧集》。陈亦自谓："岂敢以私意断其是非，更在后之君子审辩而已。"故《神宗实录》后亦多采《日录》中语增修。章子厚为息女择配，久而未谐。蔡因曰："相公择婿如此其艰，岂不男女失时乎？"子厚曰："待寻一个似蔡郎者。"蔡甚惭。王、蔡造端矫诬，虽历千百年，众论籍籍如新，矧同时之人，宜乎议之不置。孰谓盖棺事始定耶？前说煇得于叔祖元仲。叔祖视政、宣诸名公为辈行，李丞相伯纪欲以谏官荐，不就。平生所著诗篇，芗林向伯恭为之序。

赐进士及第期集钱

熙宁五年，诏赐新及第进士钱三千缗，诸科七百缗，为期集费。进士诸科旧用甲次高下率钱，贫者或称贷于人，过于浮费，至是始赐之，后以为例。

卷三

景 阳 台

辉居建康，春时偕一二邻曲，至内后景阳台，台之下一尼庵少憩。见若琉璃色一瓦瓩，径二尺许，厚三四寸，中空，用以阁盆盎。叩之，铿然有声。尼云：近垦地得之，乃李后主用此引后湖水入宫中。虽瓦砾微物，亦有时而显晦。又至白下门外齐安院，主僧曰：近治地得一玉杯，已碎；银一铤，上刻"永定公主为志公和尚净发之资，一样十铤"。"行人问宫殿，耕者得珠玑"，诚不吾欺。

金 陵 风 物

张文潜《杂书》有云："余自金陵月堂谒蒋帝祠，初出北门，始辨色。行平野中，时暮春，人家桃李未谢，西望城壁壕水，或绝或流，多鸂鶒、白鹭，迤逦近山，风物夭秀，如行锦绣图画中。旧读荆公诗，多称蒋山景物，信不诬。"白公少客杭州，自言欲得守杭，卒如其言。予亦云与东坡跋"秦太虚夜航西湖，至普明院，舍舟从参寥并湖而行，出雷峰，度南屏，濯足于惠因涧，入灵石坞，得支径，上风篁岭，憩于龙井，始至寿星院谒辨才"一段奇事，景趣略相似，皆可以画，但恐画不就尔。辉虽未尝夜游南、北山，如金陵郊野，春游良不疏。想像文潜所历，如在目前。足不至者二十余年，特未知今复何似。

钟 山 唱 和

辉忆年及冠从父执陈彦育序游钟山，陈题三、四诗于八功德水庵之壁："寒骑瘦马度山腰，目断青溪第一桥。尽是帝王陵墓处，野风荒草瞑萧萧。""十年尘土暗衣巾,乱走江乡一病身。西第将军成底事,北朝开府是何人?"止记其二。陈,句金人,素与先人厚善。先人尝次其韵:"雄压吴头控楚腰,千峰环拱冶城桥。黄旗紫盖旋归汉,古刹凄凉尚号萧。""北岳经行匪滥巾,相陪来现隐沦身。春萝秋桂还吾辈,白浪红尘付若人。"皆书于壁。二十年后再过之,皆不存矣。郄后化蟒之地鹿苑院,土人名为萧帝寺,寺之殿宇,犹是梁时建立者。

上 元 古 迹

建康,六朝故都。叶石林少蕴居留日,尝命诸邑官能文者搜访古迹制图经。时石橘林敏若子迈主上元簿,考最详,多以王荆公诗引证,号《上元古迹》。辉先得其书,后史志道侍郎修《建康志》,宛转借去。志成,为助良多。

新 林 名

石林至新林,因江宁尉林恪谒于道旁,忽叩新林之名,林即对乃王坦之倒执手板见桓温之地。大喜曰:"不图同僚中得一文士!"未几,以《左传》托其点抹,其见赏识如此。方欲荐用而林卒。林,开封人,绍兴戊午魁特奏名。

建 康 府 治

建康创建府治,石林委府僚伻图,再三不叶意。一旦杖策自往相视,四顾指画,遂定仪门外列六位以处倅贰职官。迨六蜚临幸,以设厅为三省,便厅为枢密院,六位为六部,次及百司,皆有攸处。其他政事精明,彼民至今能道之。石林为从祖姑之夫,辉幼及识其风度,伟人也。

避 暑 录

石林为蔡京客,故《避暑录》所书政、宣间事,尊京曰"鲁公",凡及蔡氏,每委曲回互,而于元祐斥司马温公名,何也? 建炎、绍兴初,仕宦者供家状,有"不系蔡京、王黼等亲党"一项。"今日江湖从学者,人人讳道是门生",石林其矫一时之弊耶?

朔 北 气 候

绝江渡淮,过河越白沟,风声气俗顿异,寒暄亦不齐。辉淳熙丙申从使节出疆,回辕当三月中下旬,一路红尘涨天,热不可耐,若江南五、六月气候。往还经从汴都,顾瞻宗庙宫室,"不悟朝阳殿,遂作单于宫",不独兴叹于往古。以中原复中原,规恢洪业,信自有时节。辉老矣,其及见诸侯东都之会耶?

士 大 夫 好 尚

士大夫欲永保富贵,动有禁忌,尤讳言死,独溺于声色,一切无所顾避。闻人家姬侍有惠丽者,伺其主翁属纩之际,已设计赂牙侩,俟其放出以售之。虽俗有热孝之嫌,不恤也。又佩玉以尸沁为贵,酬价增数倍,墟墓之物,反为生人宝玩。是皆不可以理诘。

朝 士 去 国

四十年前,朝士遭论,径放谢辞,苍黄出关,亲厚者亦不敢相闻。迨更化之后,稍革此风,犹未敢舒肆。叔祖繇三院御史贰春官,未几罢斥。时王公元枢德言任小司空,趋局即请早出假,同列叩之,昌言答曰:"纶今日欲送周为高。"为高,叔祖字也。从列尾而至者一二耳。近时去国者,冠盖祖饯,从容理装,风俗归厚,于治世岂小补哉! 括苍管诠平仲,监奏邸,坐事免官。秦丞相手封银一笏以助其归,恃此方敢留一二日。盖秦早授馆于其家,故特致此礼。

日者谈休咎

政、宣间,除擢侍从以上,皆先命日者推步其五行休咎,然后出命。故一时术者,谓士大夫穷达在我可否之间。朝士例许于通衢下马从医卜,因是此辈益得以凭依。今谈天者既出入贵人门第,揣摩时事以售其说,偶尔符合,遂名奇中。卜以决疑,卦影乃验于日后,反致人疑。死生、祸福、贵贱,各有定分,彼焉能测造化之妙!晁文元平生不喜术数之说,每谓:"自然之分,天命也;乐天不忧,知命也;推理安常,委命也。何必逆计未然哉!"

林 灵 素

宣和崇尚道教,黄冠出入禁闼,号"金门羽客",气焰赫然,林灵素为之宗主。道官自金坛郎至太虚大夫,班秩与庭臣同。灵素初除金门羽客、通真达灵元妙先生,视中大夫。后驯擢至太中大夫、冲和殿侍晨,视两府。道官同文官,编入杂压,仍每遇郊恩,封赠父母。一日盛暑,亭午,上在水殿,热甚,诏灵素作法祈雨。久之,奏云:"四渎,上帝皆命封闭,唯黄河一路可通,但不能及外。"诏亟致之。俄震雷大霈,霈皆浊流,俄顷即止。中使自外入,言内门外赫日自若。徽宗益神之。宣和末,死于温州。未死间,先自籍平日锡赉物,寄之郡帑,且为治命,殓以容身之棺,棺中止置所赐万岁藤柱杖,封窆甚固。建炎初,唯下温州籍其赀而已。后数年,有内侍洗手刘太尉之侄,避地至长沙,于酒肆见一驼裘丈夫,负壁而坐,熟视,乃灵素也。刘叩:"先生何为至此?"灵素曰:"吾亡命尔。向不早为此,身首异处矣。"倏失所在。灵素狡狯,幸震一时。及势衰事变,复以谲诈遁去,异哉!后葬永嘉黄土山,先命见石龟方下棺,开穴深数丈,果得之。

王俊乂问道

当灵素盛时,一日,有诏两学之士问道于其座下,且遣亲近中贵监莅。灵素既升座,首诏太学博士王俊乂,久而不出。既出,乃昌言:"昔吾先圣与老聃同德比义,相为师友,岂有抠衣礼黄冠者哉!"闻者骇然,各逡巡而罢。王,海陵人,历宰掾,分符而终。近万元享典乡郡,虽载姓名于《图经·人物志》,偶遗此一节。

王　仔　昔

时又有王仔昔者,初馆于蔡京第。属大旱,徽宗焦心祷雨,每遣中使持一幅素纸,求仔昔书,皆为祷雨也。一日中使再持纸至,仔昔忽书一小符,仍札其左云:"焚符,汤沃而洗之。"中使大惧,不肯受,曰:"上祷雨,今得此,大谬矣。"仔昔怒曰:"第持去!"上得之骇异,盖上默祷为宠嫔赤目者,因一沃而愈。诏封通妙先生。后以语言不逊,杀之。

生　菜

绍兴丁巳岁,车驾巡幸建康回跸,时先人主丹徒簿,排办新丰镇顿,物皆备。御舟过,止宣索生菜两篮,非所办者。官吏仓卒供进,幸免阙事。前顿传报,生菜遂为珍品。物有时而贵,世事奚不然。

吴　长　吉

吴恕,字长吉,临川人,后徙建康,早从王荆公学。谭熙、丰间旧事,亹亹不倦。与秦丞相有砚席旧,晁共道居留日,俾乡人举其孝廉。孝者,当兵火扰攘之际,供母养无缺;廉者,虽在穷约,人或赒之,有所不受。虽曰乡论素与,亦未免有所迎合。继以礼津置,赴行在所,馆于太学。未几托疾告归，初无恩数。尔后八行、孝廉之举，寂无闻焉。

琼　花

琼花，海内无二本，唐人谓"玉蕊花"，乃比其色。许慎《说文》，琼乃赤玉，与花色不类。辉家海陵，海陵昔隶维扬，亦视为乡里。自幼游戏无双亭，未见其奇异处。不识者或认为"聚八仙"，特以名品素高尔。后土祠前后地土膏腴，尤宜芍药。岁新日茂，及春开，敷腴盛大，纤丽富艳，遂与洛阳牡丹并驱角胜。孔毅父尝谱三十有三种，续之者才十余种。夫岂能备，固宜有所增益。钱思公尹洛，一日，幕客旅见于双桂楼下，见小屏细书九十余种，皆牡丹名也。洛花久汗腥膻，扬花在今日尤当贵重。

金　带　围

红药而黄腰，号"金带围"，初无种，有时而出，则城中当有宰相。韩魏公为守，一出四枝，公自当其一，选客具乐以赏之。时王岐公为倅，王荆公为属，皆在席，缺其一，莫有当之者。会报过客陈太博入门，亟召之，乃秀公也。酒半折花，歌以插之。四公后皆为首相。后山陈师道云。辉尝询于扬之故老，皆云初不识所谓"金带围"者，岂花与人物亦相为荣悴乎？

钱　塘　旧　景

辉祖居钱唐后洋街，第宅毁于陈通之乱，今韩蕲王府，其地也。尝见故老言：昔岁风物，与今不同，四隅皆空迥，人迹不到。宝莲山、吴山、万松岭，林木茂密，何尝有人居。城中僧寺甚多，楼殿相望，出涌金门，望九里松，极目更无障碍。自六蜚驻跸，日益繁盛，湖上屋宇连接，不减城中。"一色楼台三十里，不知何处觅孤山？"近人诗也。或云为此诗者黄姓，失其名，亦尝作《万俟丞相挽诗》，有"地下若逢秦相国,也应不说到沅湘"之句。

庐　　山

天下名山福地,类因行役穷日力,且为"姑俟回程来观"之语所误,竟失一往,贻终身之恨者多矣。辉顷随侍,自番阳顺流东归,至南康阻风,留一日。乘兴游庐山,饭于归宗,旋至万杉,杉阴夹道蔽日。抵罗汉,观大鼓。未至栖贤数里,先闻三峡喷薄激射之声,动心骇目。凡山南佳处,领略粗遍。尔后一再经从,皆不暇访陈迹,至今清梦犹在岩壑间。尝有一编纪游,今亡。

挽　　诗

昭慈圣献上宾,庭臣进挽歌辞,莫不纪垂箔事。一诗云"饮马驱骄虏,飞龙纪建炎。艰危三改岁,仓卒两垂帘"云云,乃中书舍人林遹词也,一时传诵。挽诗自古皆五言,至嘉祐末方有为七言者。

东　坡　祠

乾道末,晁强伯子健至毗陵,祠苏东坡于学宫。其叔少尹子止为之记,其间言坡之葬也,少公铭其墓,皆非实录。其甚者,以赏罚不明罪元祐,以改法免役怀元丰,指温公才智不足,而谓公斥逐出其遗意。称蔡确谤讟可赦,而谓公进用由其选擢。章惇之贼害忠良,而云公与之友善;林希之诬诋善类,而云公尝汲引之。子止所书如此。少公之语,志文在,可考也。其然,不其然乎?祠宇成,中置坡塑像,又遍求从壮至老及自海外归仪刑,绘于两庑。晁文元后子健为景迂生以道之嫡孙。祠堂碑后为人磨去。

东坡自海外归毗陵,病暑,著小冠,披半臂坐船中,夹运河千万人随观之。坡顾坐客曰:"莫看杀我否?"则素知彼民爱慕,坡亦眷眷此地而不忘。强伯尸而祝之之意出此。

坡 入 荆 溪

东坡初入荆溪,有"乐死"之语,盖喜其风土也。继抱疾稍革,径山老惟琳来问候,坡曰:"万里岭海不死,而归宿田里,有不起之忧,非命也邪?然死生亦细故尔。"后二日,将属纩,闻根先离。琳叩耳大声曰:"端明勿忘西方!"曰:"西方不无,但个里着力不得。"语毕而终。归老素志,竟堕渺茫,一丘一壑,天实啬之。淳熙己酉,周益公罢相回江右,小泊荆溪,因董氏出《楚颂帖》,乃考坡自元丰七年以后经从此地月日本末为详,刻石具在。《楚颂》,乃坡欲种橘名亭而不遂者也。

乳 羊

英州碧落洞乳羊,饮钟乳涧水,体白如乳,遇刲方见,然不常有也。通、泰盐地,麋食艾,生茸入药,故人极力捕猎,以邀善价。士大夫求恣嗜欲,有养巨鹿,日刺其血,和酒以饮,其残物命如此。尝闻宣和间,艮岳豢鹿数百千头,其大如驴。虏围城中,尽杀以啖卫士,茸、角皆弃之。

茶 盐 表

族叔茂振以正字权外制日,秦丞相俾代作《进茶盐法表》。继闻秦自有所改定,追付出,所改者"不有成宪,将何靖民"八字耳。或叩本语云:"不逮也。"后自同知枢密院责秘书少监,分司居筠州。逾年放还,宗族劳其归,因言苏黄门亦以少蓬分司居于筠州,云不独尔,所寓之屋亦黄门旧宅。既葬二十八年,内翰洪公景卢方志其墓。当在枢府日,洪为编修官。

立 皇 子 诏

族叔在翰苑，一日召至中书，受旨作《建立皇子诏》，曰："朕荷天右序，承列圣之丕业，思所以垂裕于后，夙夜不敢康宁。永惟本支之重，强固王室，亲亲尚贤，厥有古义。普安郡王，寿皇旧名。艺祖皇帝七世孙也。自幼鞠于宫闱，巍然不群，聪哲端重，阅义有立，亢于宗藩。历年滋多，厥德用茂。望实之懿，中外所闻。朕将考礼正名，昭示天下。立爱之道，始于家邦，自古帝王，以此明人伦而厚风俗也。稽考前宪，非朕敢私。"上读之称善，又令制字以赐，未几遂柄用。洪具著此文于志中，仍首载当时使事，且云效坡公所作富碑之体。

宏 词 取 人

族叔初试宏博，以所业投汤岐公。时季元衡南寿待制亦投文字，汤尝师之，初许其夺魁。一日谓季曰："近有一周某至，先生当处其下。"既奏名，季果次焉。

七 夫 人

蔡卞之妻七夫人，颇知书，能诗词。蔡每有国事，先谋之于床笫，然后宣之于庙堂。时执政相语曰："吾辈每日奉行者，皆其咳唾之余也。"蔡拜右相，家宴张乐，伶人扬言曰："右丞今日大拜，都是夫人裙带。"讥其官职自妻而致，中外传以为笑。辉在金陵，见老先生言，荆公尝谓："元度为千载人物，卓有宰辅之器，不因某归以女凭藉而然。"其后蔡唯知报妇翁之知，不知掩妇翁之失，致使得罪天下后世，其于报也何有！

行　脚　僧

七夫人者，一日于看楼见一僧顶笠自楼下过，问左右："笠甚重，内有何物？"告以行脚僧生生之具皆在焉。因叹曰："都是北珠、金箔，能有多少！"亟使人追之，意欲厚施。其僧不顾而去，异夫巡门持钵者。

觞　客　欢　洽

合堂同席以觞客，客非其人，则四座欢不洽，而饮易醉，返以应接为苦。《选》诗："从军有苦乐，但问所从谁。"或欲易"从军"为"饮酒"。饮酒欲欢，无由自醉，得劝则沉湎，劝尤在乎劝侑辞逊之间。五十年前，宴客止一劝；今则巡杯止三，劝则无筭，颠仆者相属，不但沉湎而已。亦见风俗随时奢俭之不侔，然一席欢洽，全在致劝辞受之际。若杯行到手不留残，气固豪矣，于留连光景，似欠从容。是皆少年态度，老去夫何能为。

卷四

借　书

"借书一瓻，还书一瓻"，后讹为"痴"，殊失忠厚气象。书非天降地出，必因人得之，得而秘之，自示不广，人亦岂肯以未见者相假。唐杜暹家书，末自题云："清俸买来手自校，子孙读之知圣道，鬻及借人为不孝。"鬻为不孝，可也；借为不孝，过矣。然煇手抄书，前后遗失亦多，未免往来于怀。因读唐子西庚《失茶具说》，释然不复芥蒂。其说曰："吾家失茶具，戒妇勿求。妇曰：'何也？'吾应之曰：'彼窃者，必其所好也。心之所好，则思得之，惧吾靳之不予也而窃之，则斯人也，得其所好矣。得其所好则宝之，惧其泄而秘之，惧其坏而安置之，则是物也，得其所托矣。人得其所好，物得其所托，复何言哉！'妇曰：'嘻，是乌得不贫！'"煇亦云。

藏　书

聚而必散，物理之常。父兄藏书，惟恐子弟不读；读无所成，犹胜腐烂箧笥，旋致蠹鱼之变。陈亚少卿藏书千卷、名画一千余轴，晚年复得华亭双鹤，及怪石异花，作诗戒其后曰："满室图书杂典坟，华亭仙客岱云根。他年若不和根卖，便是吾家好子孙。"亚死，悉归他人。

造清疏数

造请不避寒暑，诚可讥诮。若下位事上官，朝造夕谒，其可不循等威之分。若初非隶属，但恃雅素，趋趄日进，怀漫刺俯首樊知客辈，固多不自爱重者。"宁使讶其不来，莫使厌其不去"，是为知言。

逐　客

放臣逐客，一旦弃置远外，其忧悲憔悴之叹，发于诗什，特为酸楚，极有不能自遣者。滕子京守巴陵，修岳阳楼，或赞其落成，答以"落甚成，只待凭栏大恸数场"！闵己伤志，固君子所不免，亦岂至是哉！张芸叟元丰间从高遵裕辟，环庆出师失律，且为转运使李察讦其诗语，谪监郴州酒。舟行，以二小词题岳阳楼："木叶下君山，空水漫漫。十分斟酒敛芳颜。不是渭城西去客，休唱《阳关》。　醉袖抚危栏，天淡云闲。何人此路得生还？回首夕阳红尽处，应是长安。""楼上久踟蹰，地远身孤。拟将憔悴吊三闾。自是长安日下影，流落江湖。　烂醉且消除，不醉何如？又看暝色满平芜。试问寒沙新到雁，应有来书。"亦岂无去国流离之思，殊觉婉而不伤也。

张芸叟迁谪

芸叟迁流远适，历时三，涉水六，过州十有五。自汴抵郴，所至留连。南京孙莘老、扬州孔周翰、泗州蒋颖叔、江宁王介甫、黄州苏子瞻、衡州刘贡父，皆相遇焉。说诗揽胜，无复行役之劳。未离江宁日，因送人入京，及同士子数辈饮饯，游清凉寺。抵暮回，属营妓数人同舟，宛转趣赏心亭。未至，闻亭上有散乐声。逼而询之，乃府公诃妓籍疏索，俾申劾之。既见共载，野服披猖，但一笑而止。今日放臣逐客，容如是乎？一段胜概，宜入画图。府公，陈和叔也。

碧　云　骝

"碧云骝者，厩马也。庄宪太后临朝，初以赐荆王。王恶其旋毛，太后知之，曰：'旋毛能害人耶？吾不信。'留以备上闲，为御马第一。以其吻肉色碧如霞片，故云。世以旋毛为丑，此以旋毛为贵。虽贵矣，病可去乎？"梅圣俞不得志于诸公间，乃借此名著书一卷，诋讦庆历巨公。后叶石林于《避暑录》尝办乃襄阳魏泰所著,嫁之圣俞。其略谓万有一不至,犹当为贤者讳。盖亦未免置疑。邵公济,康节孙也,亦引圣俞闻范文正公讪诗云:"一出屡更郡,人皆望酒壶。俗情难可学,奏记向来无。贫贱尝甘分,崇高不解谀。虽然门馆隔,泣与众人殊。"谓为郡以酒悦人,乐奏记纳谀。岂所以论文正者,以是又疑真出于圣俞也。煇旧得《碔砆录》一编,亦若《碧云骹》,专暴人之短。为人借去不归。

能 容 于 物

王荆公初见晏元献,元献熟视无他语,但云:"能容于物,物亦容矣。"荆公唯唯,退而思之:"此语其有所出,或自为之言?"后识者谓荆公平日所短正在于此,何元献逆知其然耶?

从 官 荐 自 代

先人性坦夷,遇事即发,无一毫顾避。亲戚有初除从官来见,首询:"荐何人自代?"答以张安国。先人曰:"不易荐拔寒素,状元及第,荣进素定,何待荐也!"退而先人复言:"且如择婿,但取寒士,度其后必贵,方名为知人;若捐高赀,榜下脔状元,何难之有!"

四 六 翦 裁

四六应用,所贵翦裁。或属笔于人,有未然,则当通情商确。建康王元枢初以中书舍人权直学士院,除试工部侍郎,仍直院,落"权"字,辞免奏札第及起曹,议者疑焉。托一故人草谢表,内一联云:"百工之事,兰省遽冒于真除;一札之书,花砖复遵于故步。"王改作散句:"兰省遽接于英游,花砖不失于故步。"翦裁固善,然"花砖"宜贴"故步",上句或谓似稍偏枯。

唐子西复官表

顷年,番江初刊成《唐子西集》,时寓公曲肱熊叔雅来见先人,偶案间置此书,顾煇曰:"曾看否?第九卷第一篇《惠州谢复官表》,首云:'始以为梦,既而果然。'语简而意足,可法也。"退而先人诲煇曰:"前辈观书,不苟简类如此。虽一览亦记篇目,后生岂可不勉!"

焦 坑 茶

先人尝从张晋彦觅茶,张答以二小诗:"内家新赐密云龙,只到调元六七公。赖有家山供小草,犹堪诗老荐春风。""仇池诗中识焦坑,风味官焙可抗衡。钻余权幸亦及我,十辈遣前公试烹!"时总得偶病,此诗俾其子代书,后误刊在《于湖集》中。焦坑产庾岭下,味苦硬,久方回甘。"浮石已乾霜后水,焦坑新试雨前茶",坡南迁回,至章贡显圣寺诗也。后屡得之,初非精品,特彼人自以为重。"包里钻权幸",亦岂能望建溪之胜。

密 云 龙

煇出疆时,见三节人,或携建茶,沿涂备用。而房中非绝品不顾,盖榷场客贩坌集,且能品第精粗。中下者彼既不售,乃赍以归。夷狄尚尔,矧中国士大夫好事,宜乎珍尚鉴别,每相夸诩,唯恐汲泉不活,泼乳不多,啜尝而乏诗情也。自熙宁后,始贵密云龙,每岁头纲修贡,奉宗庙及供玉食外,赍及臣下无几。戚里贵近,丐赐尤繁。宣仁一日慨叹曰:"令建州今后不得造密云龙,受他人煎炒不得也!出来道我要密云龙,不要团茶。拣好茶吃了,生得甚意智!"此语既传播于缙绅间,由是密云龙之名益著。淳熙间,亲党许仲启官麻沙,得《北苑修贡录》,序以刊行。其间载岁贡十有二纲,凡三等,四十有一名。第一纲曰"龙焙贡新",止五十余夸,贵重如此,独遗所谓密云龙。岂以"贡新"易其名,或别为一种,又居密云龙之上耶? 叶石林云:"熙宁中,贾青为福建转运使,取小团之精者为密云龙,以二十饼为斤,而双袋谓之'双角',大小团袋皆绯,通以为赐,密云龙独用黄"云。

拆 洗 惠 山 泉

煇家惠山,泉石皆为几案物。亲旧东来,数闻松竹平安信,且时致陆子泉,著碗殊不落莫。然顷岁亦可致于汴都,但未免瓶盎气,用细沙淋过,则如新汲时,号"拆洗惠山泉"。天台山竹沥水,断竹梢屈而取之盈瓮,若杂以他水则亟败。苏才翁与蔡君谟斗茶,蔡茶精,用惠山泉;苏茶少劣,用竹沥水煎,遂能取胜。此说见江邻几所著《嘉祐杂志》。果尔,今喜击拂者曾无一语及之,何也? 双井因山谷而重,苏魏公尝云:"平生荐举不知几何人,唯孟安序朝奉,分宁人,岁以双井一斤为饷。"盖公不纳包苴,顾独受此,其亦珍之耶?

馆 伴 应 对

待之以礼,答之以简,与宾客言,或许是为得体。吕正献公以翰林学士馆伴北使,虏颇桀黠,语屡及朝廷政事。公摘契丹隐密询之曰:"北朝尝试进士,出《圣心独悟赋》,赋无出处,何也?"虏使愕然语塞。专对之次,虽曰合成修好,唯恐失其欢心;若彼稍乖恭顺,亦宜有以折其萌,俾知有人焉。于交邻遇客,初无忤也。

汴 都 旧 事

祖母太夫人,慈圣之后,暇日与子孙谭京都旧事:政、宣间,以戚里数,值诞皇子,入内称贺。盛饰群立于露台,人各许携一从婢。起居毕,自殿陛上撒包子,及成束金钗金银,俾众婢争夺。或共得彩端,即裂为二。俯拾次,多遗钗珥之属,殿上观之为笑乐。有惠捷者重负而归,亦有徒手无一物者。时盛暑,以一镀金钱于御廊得水一杯。其锡赍殊不多,破费随尽。因叹南渡后不复见此盛事。曹氏分南、北宅;祖母,北宅也,为武惠燕王五世孙。

萧 注 人 伦

萧注,字岩夫,临江新喻人。熙宁中,上殿奏对罢,上问:"今臣僚中孰贵?"曰:"文彦博。"又问其次,曰:"韩琦。"又问:"王安石如何?"注曰:"牛形人,任重而道远。"一说裕陵问:"文彦博跛履,韩琦嘶声,何为皆贵?"注曰:"若不跛履与嘶声,陛下不得而臣。"又问:"朕如何?"注曰:"龙凤之姿,天日之表,臣无得而言。"又问:"卿如何?"注曰:"陛下以为贵则贵矣,以为贱则贱矣。"注累任边要,以知人自许。上曰:"闻卿有袁、许之学。"因问韩绛、王安石、冯京,注曰:"安石牛耳虎头,视物如射,意行直前,敢当天下大事。然不如绛得和气多,惟和气能养万物。京得五行之秀,远之若可爱,近之若廉隅。"见本传。

修 图 经 详 略

近时州郡皆修图志,志之详略,系夫编摩者用力之精粗。扬州为淮甸一都会,自唐已名繁盛。向有王观通叟,考古验今,摭事千余条,效《汴都》以为赋。今馆中及扬州有本。辉每谓建康六朝故都,又为代邸兴王之地,亦应揄扬以亚《雅》《颂》。虽闻江宁尉崔礼者尝有此作,而文不足起其事,后未有继之者。辉尝言于故人王锡老,深以为然,且有此意。未几,锡老去为潭州之土。

雁 燕

世谓雁为孤,而不曰双;燕曰双,而不曰孤。以雁属乎阳,燕丽乎阴;阳数奇,阴数耦故也。然常言"雁序"、"雁行",盖亦有时而不孤。燕虽有"于飞"之语,古今赋咏,何尝必及于双。曰孤曰双,岂止以奇耦言之耶!

两 学 人 物

承平时，两学作成之盛，不但英才辈出，为国之华；群居燕处，虽一时谑浪之语，人皆喜闻而乐道之。尝见前辈说数事：元祐间，敏求斋有治《春秋》陈生与宋门一倡狎。一日，会饮于曹门，因用《春秋》之文题于壁曰："春正月，会吴姬于宋。夏四月，复会于曹。"有继其文戏之曰："秋饥，冬大雪，公薨。"其意以谓财匮当有饥寒之厄也。此固知非典语，亦切中后生泆游迷而不返之病。

章 持 及 第

绍圣丁丑，章持魁南省，时有诗："何处难忘酒？南宫放榜时。有才如杜牧，无势似章持。不取通经士，先收执政儿。此时无一盏，何以展愁眉？"绍兴间，秦伯旸魁多士，汪彦章启贺其父，以"南宫进士"对"东阁郎君"，尚疑为讥己，其敢显斥如前之诗乎？韩持国维宝元间偕兄弟应进士举，预南省奏名。而下第士子有"韩家四子连名"之嘲，盖以其父忠宪公见在政路也。时殿试尚黜落，有司因故黜之。公后遂不复试，而兄弟皆再登第。故潞公荐公，谓南省曾预高荐。继历内外制，知贡举，至登门下省，不更赐出身。初亦召试玉堂，不就。公之五世孙元吉尚书，特书此于《桐阴旧话》甚详。贵游子弟，当考其素业，不应例待以膏粱。唐李德裕初不繇科甲显。

赐 监 生 酒

元丰间，驾往国子监，出起居，有旨：人赐酒二升。诸斋往往置以益之，曰："奉圣旨得饮。"遂自肆，致有乘醉登楼击鼓者。因是遇赐酒即拘卖，以钱均给。以是知自昔国学有酒禁也。

倭　　国

　　辉顷在泰州,偶倭国一舟飘泛在境上,一行凡三、二十人,至郡馆谷之。或询其风俗,所答不可解。旁有译者,乃明州人,言其国人遇疾无医药,第裸病人就水滨杓水通身浇淋,面四方呼其神请祷,即愈。妇女悉被发,遇中州人至,择端丽者以荐寝,名"度种"。他所云,译亦不能晓。后朝旨令津置至明州,趁便风以归。

茶　　器

　　长沙匠者造茶器极精致,工直之厚,等所用白金之数。士夫家多有之,置几案间,但知以侈靡相夸,初不常用也。司马温公偕范蜀公游嵩山,各携茶往。温公以纸为贴,蜀公盛以小黑合。温公见之,惊曰:"景仁乃有茶器!"蜀公闻其言,遂留合与寺僧。茶宜锡,窃意若以锡为合,适用而不侈;贴以纸,则茶味易损。岂亦出杂以消风散意,欲矫时弊耶?《邵氏闻见录》云:温公尝同范景仁登嵩顶,由辕辕道至龙门,涉伊水,至香山,憩石楼,临八节滩,凡所经从,多有诗什,自作序,曰《游山录》。携茶游山,当是此时。

吕申公茶罗

　　张芸叟云:吕申公名知人,故多得于下僚。家有茶罗子,一金饰,一银,一棕榈。方接客,索银罗子,常客也;金罗子,禁近也;棕榈,则公辅必矣。家人常挨排于屏间以候之。申公,温公同时人,而待客茗饮之器顾饰以金银分等差,益知温公俭德,世无其比。

史传是非

　　史传褒贬,成是败非,其来有素。人之行,孰先于孝悌。项羽欲烹太公,汉高祖发"分羹"之言,其于孝也何有? 唐太宗以藩王夺长嫡,推刃同气,其于悌也何有? 脱使项羽、建成有分羹、推刃之恶,史册何以书之? 特高祖、太宗,功胜于德耳。

辟 置 幕 属

建、绍兵兴日,帅臣许辟置幕属。既素为知己,其于婉画,裨助惟多。今惟四川制帅如故事,他皆命于朝,宾主邈不通情,殆与郡县官等。阃寄兵谋,无从咨访;川泳云飞,岂复有相得之乐! 缓急利害,既不相及,相忘于江湖,宜也。太原名"小朝廷",盖以得客之多。范文正公亦有言:"幕府辟客,须可为己师者乃辟之;虽朋友亦不可辟。盖为我敬之为师,则心怀尊奉,每事取法,庶于我有益耳。"庞庄敏守郓、守并,皆辟司马温公为通判。罗致大贤佽助,一时皆然。

修 锁

韩魏公门人有击关夜出者,阍吏不得赂,诘旦以锁损诉于公。公曰:"锁不堪用,付市买修来!"滕达道为范文正公客,公镇南阳,每宴客,达道必出追妓。文正虽不乐,终不禁也。时谓非二公之贤,岂容不拘小廉曲谨之士。前哲宽厚类如此,是亦报杜书记平安之义。

宫 人 斜

唐内人墓谓之宫人斜,宫人斜见宋次道《春明退朝录》。四时遣使祭之。"唯应四仲祭,使者暂悲嗟"。令狐楚诗也。"荒凉城南奉先寺,后宫美人官葬此。角楼相望高起坟,草间柏下多石人。秩卑埋骨不作冢,青石浮屠当丘垅。家家坟上作享亭,朱门相向无人声。树头土枭作人语,月黑风悲鬼摇树。宫中养女作子孙,年年犊车来做主。废后园陵官道侧,家破无人扫陵域。官家岁给半千钱,街头买饼作寒食"。此元丰中张文潜《留题奉先寺》诗。辉季女葬临安北山僧舍,四五年来，每值春时往视，寺之两庑，皆内人殡宫。徘回次，未尝不长哦此诗也。辉复得历阳所刊唐《张文昌乐府》，《北邙山篇》云："洛阳北门北邙道，丧车辚辚入秋草。车前齐唱《薤露歌》，高坟新起白峨峨。朝朝暮暮人送葬，洛阳城中人更多。千金立碑高百尺，终作人间柱下石。陇头松柏半无主，地下白骨多于土。寒食家家送纸钱，鸱鸢作窠巢上树。人居朝市未解愁，请君暂向北邙游。"古今名胜，赋咏孰工，览者当自得之。

独活石脾

王右军帖云："独活无风则摇，有风不动；石脾入水则干，出水则湿。"出水则湿可见，入水则干何自知之？近年《夷坚戊志》序，其略云：叶晦叔闻于刘季高：有估客航海，不觉入巨鱼腹中，未能死，遇其开口吸水时，适木工在，乃取斧斯斫鱼。鱼觉痛，跃身入大洋，举船人及鱼皆死。或戏难之曰："一舟皆死，何人谈此事于世乎？"颇类前说。

卷五

陈 东

陈东,字少旸,太学生。所上封事主李伯纪丞相,力诋汪、黄,建炎元年,死于应天府。被逮之际,作遗书寄其家,区处后事甚悉。死生之变亦大矣,神识殊不乱。其帖今在其外孙括苍潘景夔家。顷年,许右丞翰为作哀辞,具著本末。少旸初不识李丞相,李念伯仁因我而死,祀之家庙。同时上书被行遣者欧阳彻,抚州人。高宗临朝,尝曰:"朕即位听用非人,至今痛恨之。虽已各赠承事郎,与有服亲迪功郎一名,犹未足称朕悔往之意,可各赠朝奉郎、秘阁修撰,更与恩泽二名,拨赐官田十顷。"建炎三年,又诏:"张悫,古之遗直;陈东,忠谏而死。二人皆葬镇江府界,可令本郡致祭。"呜呼,哀恤之典至矣!少旸死之后,其家但仰给赐田。彻字德明,靖康初虏犯阙,请质二子二女而使穹庐,御亲王以归,不报。死时年三十三。又有进士徐晖,乞借官入虏奉亲王归,诏假晖通直郎往使,亦卒无闻。

兰 亭 序

《兰亭序》"丝竹管弦",或病其说;而欧阳公记真州东园"泛以画舫之舟",南丰曾子固亦以为疑。

文 体 二

"司马迁文章所以奇者,能以少为多,以多为少。唯唐陆宣公得迁文体。"苏子容魏公云。

"为文之体,意不贵异而贵新,事不贵僻而贵当,语不贵古而贵淳,事不贵怪而贵奇。"宋元献公序云。

夕 阳 楼

中山府有夕阳楼,辉出疆日,骑马自楼下过。在城之隅,规制甚小。然郑州亦有夕阳楼。临安、颍州、汉州皆有西湖;建康有赏心亭,扬州亦有赏心亭。名虽同而显晦异。尝记小词:"夕阳楼上望长安,凭栏干。"或改为"凭栏干,望长安",谓中山夕阳楼也。沈存中云:"章华台、乾溪,亦有数处。"

重刻醉翁亭记

淮西宪臣霍汉英奏:欲乞应天下苏轼所撰碑刻,并一例除毁。诏从之。时崇宁三年也。明年臣僚论列:司农卿王诏,元祐中知滁州,谄事奸臣苏轼,求轼书欧阳修所撰《醉翁亭记》,重刻于石,仍多取墨本,为之赆遗,费用公使钱。诏坐罪。汉英遗臭万世,臣僚亦应同科。政和间,潭州倅毕渐亦请碎元祐中诸路所刊碑。从之。

大 观 东 库

大观东库物,有入而无出,只端砚有三千余枚。张滋墨,世谓胜李庭珪,亦无虑十万斤。

蜂 儿

蔡京库中,点检蜂儿见在数目,得三十七秤;黄雀鲊自地积至栋者满三楹,他物称是。童贯既败,籍没家资,得剂成理中圆几千斤。"胡椒铢两多,安用八百斛?"今古所纪一律。

徐 东 湖

东湖徐师川俯绍兴初繇谏垣迁翰苑,赞幾命。辉乾道丁亥在上饶,从公季子珪游,因叩家集,云诗已板行,他无存者。久而得奏议于残编断简中,猥并错乱,不可读,乃为整缀成十卷,附以杂文一卷,写以归之。公视山谷为外家,晚年欲自立名世,客有赞见,盛称渊源所自,公读之不乐,答以小启曰:"涪翁之妙天下,君其问诸水滨;斯道之大域中,我独知之濠上。"及观序《修水集》"造车合辙"之语,则知持此论旧矣。

二 道 人

东坡南迁,度岭,次于林麓间,遇二道人,见坡即深入不出。坡谓押送使臣:"此中有异人,可同访之。"既入,见茅屋数间,二道人在焉,意象甚潇洒。顾使臣:"此何人?"对以苏学士。道人曰:"得非子瞻乎?"使臣曰:"学士始以文章得,终以文章失。"道人相视而笑,曰:"文章岂解能荣辱,富贵从来有盛衰。"坡曰:"何处山林间无有道之士乎!"辉顷得诗话一编,目曰《汉皋》。王季羔端朝尝借去,亲为是正,亦言不知何人作。前说,《汉皋》所书也。一小说云:汉皋,张姓,不得其名。

海 棠 诗

东坡在黄冈,每用官奴侑觞。群姬持纸乞歌词,不违其意而予之。有李琦者独未蒙赐,一日有请,坡乘醉书"东坡五载黄州住,何事无言赠李琦",后句未续,移时乃以"却似城南杜工部,海棠虽好不吟诗"足之,奖饰乃出诸人右。其人自此声价增重,殆类子美诗中黄四娘。

朔庭苦寒

使虏者，冬月耳白即冻堕，急以衣袖摩之令热，以手摩即触破。煇出疆时，以二月旦过淮，虽办绵裘之属，俱置不用。亦尝用纱为眼衣障尘，反致闭闷，亦除去。然马上望太行山，犹有积雪。同涂官属有至黄龙者，云燕山以北苦寒，耳冻宜然。凡冻欲死者，未可即与热物，待其少定，渐渐苏醒，盖恐冷热相激。

秀水闲居录

雪川朱鲁公丞相，著《秀水闲居录》，一编之内，于南渡诸公行事，贬驳殆无全人。其公论耶，私意耶？必有能辨之者。

名贤辈行

自昔名贤，严于辈行，尤笃通家之好。子弟见父执必拜，或立受，或答半礼，呼以排行，或称小字。书问以从表兄叔自处。尝记秦楚材内翰守宣城，一族叔见于公厅稠人中，叙至次，乃举小字以审之。今则拜礼施于显宦，则有佞贵之嫌，为父执者，亦恐凭藉而为我累，通家之契替矣。

劣丈

王元之之子嘉祐，为馆职，平时若愚呆，独寇莱公知之，喜与之语。一旦，问嘉祐曰："外人谓劣丈云何？"嘉祐曰："外人皆云丈人旦夕入相。"莱公曰："于吾子意何如？"嘉祐曰："以愚观之，丈人不若未为相为善，相则誉望损矣。"自称为"劣丈"，未之前闻。

家　　塾

典家塾难,其人严则利于子弟而不能久,狎则利于己而负其父兄之托。顷一巨公招客训子,积日业不进,踧踖欲退。巨公觉之,置酒,泛引自昔名流后嗣类不振,且曰:"名者,古今美器,造物者深吝之,前人取之多,后人岂应复得!"士人解悟,其迹遂安。张无垢子韶云:"某见人家子弟醇谨及俊敏者,爱之不啻如常人之爱宝,唯恐其埋没及伤损之,必欲使之在尊贵之所。故教人家子弟,不敢萌一点欺心,其鄙下刻薄,亦为劝戒太息而感诱之。此平生所乐为者。今教子弟,乃以主人厚薄为隆杀,亦可笑矣!"浑然忠厚之气,可敬而仰之。

发　蒙　师

或谓童稚发蒙之师,不必妙选。然先入者为之主,亦岂宜阔略。世谓《初学记》为"终身记",盖亦此意。

渡　金　山

韩蕲王在镇江,一日抵晚,令帐前提辖王权至金山,仍戒不得用船渡。恳给浮环,偕一卒至西津,遂浮以渡。登岸,寺僧叵测,疑为鬼物。诘得其详。以手加额,因指适所历处,皆鼋鼍窟穴。曰:"官既不死,他日必贵。"权后果建节。

军　中　饮

蕲王每与军官饮,用巨觥无筭,不设果肴。王权一日窃怀一萝卜,蕲王见之,大怒曰:"小子如此口馋!"俾趋前,以手按其额,痛不可忍,随成痕肿,既乃复与之饮。二说得于权之子处智。

荐二帅

张循王罢兵柄就第，一日，秦丞相召相见，言："有少事烦郡王，建康、镇江军皆阙主帅，请荐其人。"唯唯而退。越旬申言之，张辞以居闲之久，旧部曲不相闻，未有可荐者。秦曰："教郡王荐翰林学士，则难；荐将帅，职也。"张逼不得已，以刘宝、王权名上。二人皆旧隶韩王军。

幸第

绍兴驾幸循王第，过午尚从容，循王再三趣巨珰辈乞驾早归内，皆莫测所以。他日，有叩之者，答曰："臣下岂不愿万乘款留私第为荣，但幸秦太师府时，未晡即登辇。"闻者叹服识虑高远。二说得于循王之侄子安。

随侍子弟

子弟随侍父兄显宦，不患人事不熟，议论不高，见闻不广，其如居移气、养移体何。一但从仕，要当痛锄虚骄之气。昔之照壁后訾相人物、指摘仪度，见其或被上官诟诃、进退失措者，莫不群笑，声闻于外，及今趦趄客次，庭揖而升，回视照壁后窃窥者，即前日之我也。

丹砂变雉

李才元大临，元祐间知汝州，时辰州贡丹砂，道叶县，遗其二箧，乃化为二雉，斗山谷间。耕者获之。人疑其盗，县械送州。才元识其异，讯得实，始免耕者。砂能变化，可谓异矣。夫识其异，其谁嗣之？

茶 山 诗

"似病元非病，求闲方得闲。残僧六七辈，败屋两三间。野外无供给，城中断往还。同行木上座，相与住茶山。"乃曾吉甫侍郎诗。茶山，上饶名刹也。辉在上饶三四年，日从寓士游，遍历溪山奇胜。廖明略、徐师川、吕居仁、郑顾道、曾宏甫诸公，风流未远，邦人类能道之。辉尝欲裒集赋咏为一编，目为《玉溪唱酬》，以侈一时人物之盛，因循不克成。

封 妾

"白屋同愁，已失凤鸣之侣；朱门自乐，难容乌合之人。"唐郑光镇河中，宣宗欲封其妾为郡夫人，上表辞焉，书记田绚之辞也。宣宗大喜，曰："谁教阿舅作此好文？"左右以绚对，便欲以翰林召之，以不繇进士，遂止。今士大夫肆情昵爱，恨无自以致其上僭，肯辞朝命乎？顷年见长上说元符间章子厚作相，宗室宗景请再娶，乃以嬖妾出之于外，而托言仕族女。事闻，重黜之。得不有愧于郑光乎？

定 器

辉出疆时，见虏中所用定器，色莹净可爱。近年所用，乃宿、泗近处所出，非真也。饶州景德镇，陶器所自出，于大观间窑变，色红如朱砂，谓荧惑躔度临照而然。物反常为妖，窑户亟碎之。时有玉牒防御使仲楫，年八十余，居于饶，得数种，出以相示，云：比之定州红瓷器，色尤鲜明。越上秘色器，钱氏有国日供奉之物，不得臣下用，故曰"秘色"。又尝见北客言：耀州黄浦镇烧瓷，名耀器，白者为上，河朔用以分茶。出窑一有破碎，即弃于河，一夕化为泥。又汝窑，宫中禁烧，内有玛瑙末为油，唯供御拣退，方许出卖，近尤艰得。

辛 巳 扰 攘

绍兴辛巳冬,胡马饮淮,辉在建康城中。南北既交兵,捷音日驰,后生辈喜跃,独老成人有忧色,言顷岁扰攘,三镇失守,何尝不日报捷于外路。一日,传虏酋有来日早炊玉麟堂之语,闻者震骇。且日见俘获系路,气象不佳。未晡,坊巷皆执兵捍卫,如是者一月。未几,遂有"鸣镝"之变,为夷狄戒,天意也。孔常甫武仲云:石氏时,胡王死,其母囚,后又助北汉拒周,诸部力谏,而虏主强之,燕王述轧因众心弑虏主而自立。干纪妄动,其报如此。与完颜亮之事同。

李宝海道立功

李宝海道与虏人战,见其舟皆以油缬为帆,舒张如锦绣,未须臾,喷涛怒浪,卷聚一隅。此以火箭环射之,箭之所及,烟焰随发。既败,走捷以闻。遣使锡赉甚渥,赏功建节,御书"忠勇李宝"四字于金缠干旗上以宠之。

修 敬 祠 堂

方务德侍郎,受知于张全真参政。后每经毗陵,必至报恩院张之祠堂祭奠,修门生之敬,祝文具在。洪庆善尝入梁企道阁学幕府,后守番阳,企道夫人尚在,岁时亦以大状称"门生"以展贺。士夫并为美谈。张文节知白在桑赞幕下,桑识其必贵。祥符中,文节为京西漕,桑已死,葬济州,奏乞每遇寒食至桑墓拜扫。诏可之。狄武襄青受范忠献之知,每至范氏,必拜于家庙,入拜夫人甚恭,以郎君之礼事其子弟。狄乃武将能知义不忘恩,可书也。先人云:前辈闻知己讣音,必设位以哭。东坡诗:"白酒真到齐,红裙已放郑。"谓有香泉一壶,为乐全先生服,不作乐。后汉董翊举孝廉,为须昌令,闻举将丧,解官归。唐杜审言为崔融所奖引,融死,杜为融服缌麻。裴任与郑馀庆友善,任卒,郑为行服,见孔常父《杂记》。

寿　　酒

洪守番江日,先人为郡幕,时祖母留乡里,洪每值正、至,必以书送寿酒,外题"状上太夫人",凡僚属有亲者皆然。先人既以书谢,翌日再展状谢。此等礼数,度前哲常行之,特今为创见。

贯　休　罗　汉

向见苏后湖之子扶携古画罗汉十有六入关,出以相示,且云:"家世珍藏,殆百余年。大父昔在庐山下,一日,闻山谷先生在山中,亟携画谒之,求题尊者名号。时死心禅师住归宗,一见笑曰:'夜来梦十六僧求挂搭。'命洒扫新浴室陈焉。死心倡之,山谷书之。"扶又言:家有码碯盂,用以日饭一尊者,一失具饭,太夫人夜必梦求斋。其灵异如此。尝与友生葛庆长力赞其藏去,以俟识者。后闻归京尹赵渭师矣。继闻赵复有所献。庆长恐此画不再觌也,乃约韩体作《罗汉画记》。煇在上饶玉山,见贯休所画十六罗汉像,世传有三本,独此为真。煇不识画,未敢为然。贯休初画古罗汉止十五尊,或以为问,乃以己貌足之。

清　晓　图

米元晖善画,能以古为今,盖妙于薰染缣素。先人在丹徒,米尝以自画《寒林》见予,为好事者袖去。先人复得于元晖少年所作《楚山清晓图》,尝上于御府,今犹可想像为之,病懒,未暇也。

牧　牛　影

元晖尤工临写。在涟水时,客鬻戴松《牛图》,元晖借留数日,以模本易之,而不能辨。后客持图乞还真本,元晖怪而问之曰:"尔何以别之?"客曰:"牛目中有牧童影,此则无也。"江南徐谔得画牛,昼啮草栏外,夜则归卧栏中。持以献后主煜,煜献阙下。太宗示群臣,俱无知之者。惟僧赞宁曰:"南倭海水或减,则滩碛微露,倭人拾方诸蚌,腊中有余泪数滴,得之和色著物,则昼隐而夜显。沃焦山时或风烧飘击,忽有石落海岸,得之滴水磨色,染物则昼显而夜晦。"牧童影岂亦类此而秘其说?

王 右 军 帖

老米酷嗜书画,尝从人借古画自临搨,搨竟,并与真赝本归之,俾其自择而莫辨也。巧偷豪夺,故所得为多。东坡《二王帖跋》云:"锦囊玉轴来无趾,粲然夺真疑圣智。"因借以讥之。旧传老米在仪真,于中贵人舟中见王右军帖,求以他画易之,未允。老米因大呼,据舷欲赴水,其人大惊,亟畀之。好奇喜异,虽性命有所不计,人皆传以为笑。

唾 砚

曾祖殿撰,与元章交契无间,凡有书画,随其好即与之。一日,元章言:"得一砚,非世间物,殆天地秘藏,待我而识之。"答曰:"公虽名博识,所得之物真赝居半,特善夸耳。得见乎?"元章起,取于笥。曾祖亦随起,索巾涤手者再,若欲敬观状,元章顾而喜。砚出,曾祖称赏不已,且云:"诚为尤物,未知发墨如何?"命取水,水未至,亟以唾点磨研。元章变色而言曰:"公何先恭而后倨?砚污矣,不可用,为公赠。"初但以其好洁,欲资戏笑,继归之,竟不纳。陈通乱后,偕古大悲、雷琴莫知所在。米老尝有题跋云:"侍讲仁熟携顾、陆真迹、保大琴会于米老庵。"即此画,并《女孝经》是也。曾祖字仁熟,时守京口。唾砚事,吴虎臣《漫录》误书为东坡。

世　德　碑

　　曾祖视王荆公为中表,既干撰上世墓志数种,托元章书之,凡书三本,择一以入石,号《周氏世德碑》,置于杭州西湖上,文并书名"二绝"。绍兴初,某人尹京,欲磨治改刻他文。偶族叔祖元仲与之素厚,争之力,责以大义。尹曰:"初不知是公家物。"叔祖曰:"脱非某家物,介甫之文,元章之字,可毁乎?"尹谢焉。不然,危不免金石之厄。今在南山满觉院,客打碑而卖者无虚日。

卷六

不书温成碑

仁宗御制《元舅陇西郡王碑文》,诏蔡襄书之。其后命学士撰《温成皇后碑》文,复诏以书,辞不奉诏,曰:"此待诏职也。"蔡京政和间以师臣之重撰《明节皇后墓铭》并记,书与题盖皆出于己而不知辞。近方见其墨迹于士友处,云得于鬻书者。时历七八十年尚存,许久无采取者,岂憎人憎及储胥耶?

榷 酤

榷酤创始于汉,至今赖以佐国用。群饮者唯恐其饮不多而课不羡也,为民之蠹,大戾于古。今祭祀、宴飨、馈遗,非酒不行。田亩种秫,三之一供酿财面蘗,犹不充用。州县刑狱,与夫淫乱杀伤,皆因酒而致。甚至设法集妓女以诱其来,尤为害教。龟山杨中立虽有是说,徒兴叹焉,曾无策以革其弊。

经 总 制 钱

创比较酒务及收头子、牙契等钱,号"经制钱",以助军费,宣和末陈亨伯起请也。后至绍兴五年,仿此亦收"总制钱"。初,陈经制两浙、江东,属杭州。陈通乱后,州县一切调度,悉资移用。乃增添糟酒及牙契等费充经制移用钱,至今行之。陈后知中山府,死于兵。《陈亨伯传》书收"总制钱"自翁彦国始,熊子复所著《通略》辩其误。

元祐诸公日记

元祐诸公皆有日记，凡榻前奏对语，及朝廷政事、所历官簿、一时人材贤否，书之惟详。向于吕申公之后大蚝家得曾文肃子宣日记数巨帙，虽私家交际及婴孩疾病、治疗医药，纤悉毋遗。时属淮上用兵，扰扰不暇录，归之。后未见有此书。

北 郊 斋 宫

绍圣北郊斋宫告成，卜日乘舆出观。宰执奏："臣等愿预一观。"翊日从驾幸北郊，仪卫兵仗如金明。凌晨微风霾，即开霁。进食，召两府、亲王入受福殿。既升殿，上由东朵殿步过东西庑，行自西朵殿还御座，宰臣以下从行。降殿召赐茶，又赐香药、小团茶，卫士以下皆赐花。晚召宰执、从官赐茶于明禋殿，退，升辇还内。北郊斋宫即会圣园为之，殿门与殿皆曰明禋，明禋之后乃受福殿。受福殿凡九间，东、西两朵殿各三间，又两挟屋三间。旁各有两阁：东曰司衣，曰司饰；西曰司寝，曰司仗。后有坤珍殿，嫔御在焉。坤珍后又有水殿、池沼、园囿，皆臣寮所不到也。其西又有观谷殿，曰登成。后又有更衣殿，有便门连斋宫后。一日，宰执奏事，因言北郊特恩宣召，获与荣观。上笑曰："殿宇亦别无华饰。"上又云："外议谓使了多少金薄也！"故事：郊宫无屋，旋施幄帟，风雨不除。上命缮营。章惇以为斋宫金碧相照，非所以事天地也。上曰："三岁一郊，次舍费缣帛三十余万，又倍之，易以屋宇，所省多矣。且斋明以事天地，而为浮侈，朕岂不知之！宫近在城外，耳目所接，何尝有此！"于是临幸，引惇遍视，上曰："有金碧之饰乎？"惇惭谢。

卖　卦　陈二说

徽宗在潜邸，密使人持诞生年月，俾术人陈彦论之。彦一见，问："谁使若来？"再三诘之，乃告以实。彦曰："覆大王：彦只今闭铺，六十日内望富贵。"后以随龙官至节钺，其验如此。都人目曰"卖卦陈"。时又见郭天信者，亦以术显。靖康之祸，其有以炎正中否之兆告上者乎？时识者皆知必致夷虏乱华，不谓如是之速，如是之酷！

一说：端邸闻相国寺陈彦明数学，谈禄命如神，令人持生年密问之，彦乃屏人告以"大横"之兆，且云事应在两月后，至期果验。初欲官以京秩，继乃补西班，积官至节钺。政和全盛时，或云彦尝以运数中微密告于上，徽宗为作石记，埋宣和殿下。又云彦亦有兄为辟雍士。前后二说不同，乃并书之。

上　元　二　诗

东坡《上元诗》："前年侍玉辇，端门万枝灯。璧月挂罘罳，珠星照觚棱。去年中山府，老病亦宵兴。牙旗穿夜市，铁马响春冰。今年江海上，云房寄山僧。亦复举膏火，松间见层层。散策桃榔林，林疏月鬅鬙。使君置酒罢，箫鼓转松陵。狂生来索酒，一举辄数升。浩歌出门去，我亦归蘧腾。"王初寮履道《象州上元诗》："二年白玉堂，挥翰供帖子。风生起草台，墨照澄心纸。三年文昌省，拜赐近天咫。红蓼胐御盘，金幡裹宫蕊。晚为日南客，环堵隐乌几。朝来闻击鼓，土牛出城市。幽怀不自闲，欲逐春事起。安得五亩园，种蔬引江水。"二篇之诗，先后而作，何语意切类如此。辉在番江，于初寮孙稷处得公自监大名仓泊被遇登两地、建节帅燕遗文未板行者，如《睿谟殿曲宴》及《赏橘》律诗各百韵，铺张太平盛事，皆在焉。亦尝见《立春》诗墨迹于洪成季尚书家。

初寮曲宴百韵

初寮进《曲宴诗》,序云:"臣比蒙圣恩,召赴禁殿曲宴。其日,垂拱奏事,退俟于睿谟外次,花巾丝履,进自东序,促武再拜,升即坐席。女乐数千陈于殿廷南端,袍带鲜泽,行缀严整。酒行歌起,音节清亮,乐作舞入,声度闲美,俱出于禁坊法部之右。于时腊雪新霁,风日研暖,已作春意。御榻之前有宝槛,植千叶桃花,陛下指示群臣曰:'杪冬隆寒,花已盛开。'于是皆顿首曰:'陛下神圣,能回造化,草木实被生成之赐,乃先时呈瑞,以悦圣情。'日既中仄,甫毕初筵,有旨许登景龙楼,由穆清庑外阁道以升。东望艮岳,松竹苍然;南视琳宫,云烟绚烂。其北则清江长桥,宛若物外。都人百万,遨乐楼下,欢声四起,尤足以见太平丰盛之象,群臣颂叹久之。既夕,复诏观灯于穆清,遂侍宴于平成,万炬层出,弥望不极,如星挂空,而光彩动摇于云海涛波之上。户牖、屏柱、茶床、燎炉,皆五色琉璃,缀以夜光火齐,照耀璀璨,纵观环绕,则又睹合宫萧台,崇楼杰阁,森罗布濩。群臣心目震骇,莫有能测其机缄制作之妙。已而陪从天步,至会宁殿,琼铺珠箔,合沓炳焕,其所陈则虞御名音同。夏鼎,商盘纪甗,龙文夔首,云雷科斗,真若邃古三代之物。陛下既御黼坐,亲取宝器,酌酒临劝,命宫嫔奏细乐于前,玉食嘉果,南珍海错,手自分赐。载色载笑,雍容无间。群臣饮德,莫不沾醉。夜分乃散,归路观者如堵。他日称谢,陛下申谕一二辅臣,俾作诗以纪,而臣安中预焉。臣猥以凡材,蒙陛下亲擢,备位政府,曾未阅月,有此非常之遇。形容颂述,虽无诏音,犹当自效。惟是钧天帝所,昔人梦寐或有形开而悟,想象莫及;而臣今者身历邃严,目击奇胜,顾尝以文字误被圣奖,且面命之,其荣至矣。"后尚有二十余字,常词也。书之以见国家闲暇,湛露惠慈之盛。《赏橘》之序亦若是焉。曾端伯得于李汉老之子,《曲宴诗》乃其父所作;刘季高云乃王履道也。曾亦疑焉。以此序考之,何疑之有!

符 离 府 库

隆兴改元夏，符离之役，王师入城，点府库，有金一千二百两，银二万两，绢一万二千匹，钱二万五千贯，米、豆共六万余石，布袋十七万条。见《符离记》。

外 国 章 表

外国表章类不应律令，必先经有司点视，方许进御。宝元间，遣屯田员外郎刘涣奉使唃厮啰，番中不识称朝廷，但言"赵家天子"及"东君"、"赵家阿舅"，盖吐蕃与唐通姻，故称"阿舅"，至今不改。政和间，从于阗求大玉，表至，示译者，方为答诏。其表有云："日出东方、赫赫大光、照见西方五百里国、五百国内条贯主黑汗王，表上日出东方、赫赫大光、照见四天下、四天下条贯主阿舅大官家：你前时要者玉，自家甚是用心，只为难得似你底尺寸，自家已令人两河寻访，才得似你底，便奉上也。"元丰四年，于阗国上表称"于阗国偻罗大福力量知文法黑汗王，书与东方日出处大世界田地主汉家阿舅大官家"云云，如此等语言，恐藩服自有格式。

玛　瑙

政和三、四年间，府畿、汝蔡之间所出玛瑙，尚方因多作宝带、器玩之属。至宣和以后，御府所藏往往变而为石，成白骨色，悉为弃物，民间有得之者。竟莫测所以，特纪异尔。

不 除 太 常 卿

绍兴间，张扶少持綮右正言除太常卿。翌日，宰执奏太常卿班高，故事不除，改国子祭酒。时祭酒虚位亦久，前驺接呼，赴监供职。

学前居民惊惧,曰:"官来捕私酒!"传以为笑。元丰改官制,谏议大夫换太中大夫,前呵曰:"太中来!"都人骇避曰:"大虫来!"则知前已有此说。

养 生 修 身

"神虑淡则血气和,嗜欲胜则疾疹作。"唐处士张皋云。是为养生之要。范忠宣公亲族间子弟有请教于公者,公曰:"惟俭可以助廉,惟恕可以成德。"是笃修身之要。皆可铭于坐右。

辉傲居毗陵,屋后临河,地无尺许,俾仆治篱,方埋柱去浮土,见成贯小钱,止露四镮于外,仆亟手之,仅得十三,余随缩入地。仆复运锄,了无一物。信知无妄之财,不容辄取。十三钱置于佛室,寻失所在。昔洛中第宅求售,评直外复索掘屋钱,盖其下多有宿藏。张文孝右丞买宅,既偿其贾,复随所索与之。追入宅,掘地得一石匣,刻镂甚工巧,中有黄金数百两,正酬售屋之直。

大 理 伪 贡

曾祖侍绍圣经筵,至政和五年,以右文殿修撰知桂州。时归明人观察使黄璘措置广西边事,招徕大理国进奉,朝廷疑之,下本路帅臣究实。曾祖抗章言伪冒,忤蔡京意,乃落职宫祠。宣和改元,事白,黄璘得罪。御笔:"周禾旁立里。首言其伪,责命改正,与理元断月日。"绍兴三年,宰执进呈广西宣谕明橐奏大理国进奉及卖马事,高宗曰:"遐方异域,何由得实,彼云进奉,实利于贾贩。进奉可勿许,令卖马可也。"宰臣奏:"异时广西奏大理入贡事可为鉴,当日言者深指其妄,黄璘以是获罪。"盖谓是也。当亦载于《国史》。

送邹道乡

右正言邹公浩因言事贬谪，蔡卞奏乞治浩亲旧送别之罪。哲宗不从，三次坚请，乃置狱。谏议龚公夬云："周某与方天若私论邹浩事，某以为难。天若非之，遂以语蔡京，京遽以闻，由是某等得罪。自尔，附会之人肆为攻讦，立起狂狱，多斥善士，天下冤之。皆京与天若为之也。盖某与京始善而终睽，故京私欲报之。"龚之谏疏，大略如此。以是知曾祖忤京，大理事特其一耳。故当京、卞用事日，一斥不复，而终外补云。

御炉炭

南渡后，有司降样下外郡，置御炉炭胡桃纹、鹁鸪色者若干斤。知婺州王居正论奏，高宗曰："朕平居，衣服饮食且不择美恶，隆冬附火，止取温暖，岂问炭之纹色也！"诏罢之。宣和间，宗室围炉次索炭，既至，诃斥左右云："炭色红，今黑，非是！"盖常供熟火也。以此类推之，岂识世事艰难。

江岸

钱唐边江土恶不能堤，钱氏以薪为之，水至即溃。皇祐中，工部郎中张夏出使，置捍江兵五指挥，专采石增修，众赖以安。邦人为之立祠，朝廷嘉其功，封宁江侯。有功于民则祀之，吴儿奉尝，其有替乎？

竹笼石

又一说：以竹笼石，丁晋公主之；易以薪土，陈文惠公之议。丁黜其说。徙公他官，而笼石为堤，岁功不成，民力大困。卒用公议，堤乃立。文惠在滑州,亦尝筑长堤以御决河,人德之,号"陈公堤"。

丙午年入吴蜀

辉尝过庭,闻祖父奉直得于陆农卿左丞:欧阳文忠公有一记事册子,亲题:"丙午年不入蜀则入吴。"后见洪成季文宪公之孙,言文宪尝问邵泽民:"康节知数,公所闻如何?"曰:"无他语,临终但云:丁未岁子孙可入蜀。"然建炎初吴地亦不免被兵,独西蜀全盛,迄今为东南屏蔽,益信斯言。康节先天之数,世可希万一耶?

舅　　姑

《春秋传》曰:"秦晋二国继世通婚,所娶之女非舅即姑,故曰舅姑。"《白虎通》曰:"尊之如父,非父,舅也,恭之如母,非母,姑也。"广川王去疾幸姬陶望卿歌曰:"背尊章,嫖以忍。""尊章,犹言舅姑也。"见《前汉书》。

郎　　潜

"郎潜"出张平子《思玄赋》:"尉厖眉而郎潜兮,逮三叶而遇武。"绍兴间,某自郎迁卿,久次,以启投秦丞相,有"郎久潜于省闼,卿尚少于朝班"之句,秦虽极称赏,竟不克入从。

贫富受赐

"贫人、富人并为客,受赐于主人,富人不惭,贫人常愧者,富人有以效之,贫人无以复也。"以此论之,自昔交际之礼,亦贵夫往返。见王充《论衡》。

苏林交情凶终

　　林文节子中,以启贺东坡入翰苑曰:"父子以文章名世,盖渊、云、司马之才;兄弟以方正决科,迈晁、董、公孙之学。"其褒美如此。后草坡责惠州告词云:"敕具位轼:元丰间,有司奏轼罪恶甚众,论法当死,先皇帝赦而不诛,于轼恩德厚矣。朕初即位,政出权臣,引轼兄弟以为己助。自谓得计,罔有悛心,忘国大恩,敢肆怨诽。若讥朕过失,何所不容;乃代予言,诬诋圣考。乖父子之恩,害君臣之义。在于行路,犹不戴天;顾视士民,复何面目! 以至交通阉寺,矜诧幸恩,市井不为,搢绅共耻。尚屈彝典,止从降黜。今言者谓某指斥宗庙,罪大罚轻,国有常刑,朕非可赦。宥尔万死,窜之远方。虽轼辩足以饰非,言足以惑众,自绝君亲,又将奚憝? 保尔余息,毋重后愆。可责授宁远军节度副使,惠州安置。"极于丑诋如此。坡初擢右史,白宰相,谓林同在馆,年且长,除不当先,林乃继除记注。后又为杭州交承,有三帖论开湖赈荒,浙东仓司石刻在焉。

遗　留　物

　　显仁上仙,遣使告哀北虏,并致遗留礼物:金器二千两,银器二万两,银丝合十面,各实以玻璃、玉器、香药,青红拈金锦二百匹,玉笛二管,玉觱篥二管,玉箫一攒,象牙拍板一串,象牙笙一攒,缕金琵琶一副,缕金龟筒嵇琴一副,象牙二十株。时宗枢持节以往,次燕之二日,中贵人至馆,密饷金澜酒二尊,银鱼、牛鱼各一盘,尊、盘皆金宝器,并令留之。伴使致词竦贺,馆人以手加额上,谓前此未有,为特礼也。

虏　庭　玉　钱

　　宣和五年,既从金人乞盟之请,明年,遣秘书省校书郎卫肤敏假给事中往贺虏酋生辰,竣事而旋。常赆外,别赠使介各一玉钱,虏主即宴坐起,离席躬奉之。左右传观,皆惊愕太息。钱之制如今之大者,其文皆蕃书,不可识,不知为何,礼重如此。时虏已萌寒盟,开兵端,岂虞我或觇其国,故外示厚礼,俾叵测欤?钱今藏卫氏。

审　察

监司、郡守,岁荐所部吏关升磨勘,朝廷视为常式,第付铨曹施行,初不加省。间有特荐者,未即召对,及有升擢,则降审察之命。所谓审察者,审其人才,察其行谊。施于其职,可也;若山林隐遁之士,当路或以名闻,其肯冒昧而来,待人进退乎?绍兴三年,徐东湖以遗逸荐苏后湖,诏俾赴中书审察,苏力辞,乃得请。苏既辞审察之命,乃降以礼遣赴行在引见上殿指挥,卒辞之。

正 身 出 头

后湖公隐居求志,高蹈一世,绍兴初屡征不起,仆辈见使者沓至,窃相语曰:"官中须要秀才正身出头。"

冷　茶

强渊明帅长安,来辞蔡京,京曰:"公至彼且吃冷茶。"盖谓长安籍妓步武小,行迟,所度茶必冷也。初不晓所以,后叩习彼风物者方知之。又文勋除福建漕,陛对,翌日,上问辅臣:"记得有艺?"盖记其工篆学也。章申国对云:"会舞旋。"上遽云:"如此岂可使一路!"遂罢。"冷茶"、"舞旋",皆非国论所宜及。顷得一小说,书王黼奉敕撰《明节和文贵妃墓志》云:"妃齿莹洁如水晶,缘常饵绛丹而然。"又云:"六宫称之曰'韵'。盖时以妇人有标致者为'韵'。"辉曾以此说叩于宣和故老,答曰:"虽当时语言文字间或失持择,恐不应直致是亵黩。然'韵'字盖亦有说:宣和间,衣着曰'韵缬',果实曰'韵梅',词曲曰'韵令',

乃梁师成为郓邸倡为此谶。时赵野春帖子亦有'复道密通蕃衍宅,诸王谁似郓王贤',亦迎合之意也。"

阙 亡 投 刺

正、至交贺,多不亲往。有一士令人持马衔,每至一门撼数声,而留刺字以表到。有知其诬者,出视之,仆云:"适已脱笼矣。"吕荥阳公言:"送门状习以成风,既劳于作伪,且疏拙露见为可笑。"司马温公自在台阁时不送门状,曰:"不诚之事,不可为也。""脱笼"亦为京都虚诈闪赚之谚语。

禁 苑 花 竹

宣和间,钧天乐部焦德者,以谐谑被遇,时借以讽谏。一日,从幸禁苑,指花竹草木以询其名。德曰:"皆芭蕉也。"上诘之,乃曰:"禁苑花竹,皆取于四方,在涂之远,巴至上林,则已焦矣。"上大笑。亦犹"锹、浇、焦、烧"四字之戏:掘以锹,水以浇,既而焦,焦而烧也。其后毁艮岳,任百姓取花木以充薪,亦其谶也。

东 西 园

蔡京罢政,赐邻地以为西园,毁民屋数百间。一日,京在园中,顾焦德曰:"西园与东园景致如何?"德曰:"太师公相,东园嘉木繁阴,望之如云,西园人民起离,泪下如雨。可谓'东园如云,西园如雨'也。"语闻,抵罪。或云:一伶人何敢面诋公相之非,特同辈以飞语嫁其祸云。

遇 郊 任 子

正郎初遇郊,止得荫子,不及他亲,法也。元祐中,黄鲁直应任

子，特请于朝，舍子而先侄，后遂为例。东坡荐黄自代之词："瑰琦之
文，妙绝当世；孝友之行，追配古人。"今士夫当郊，该荫补而累奏其子
者有之。

卷七

生 日 押 赐

王荆公当国,值生日,差其子雱押送礼物。雱言:"例有书送物,阁门缴,申枢密院取旨,出札子许收,乃下榜子谢恩。缘父子同财,理无馈遗,取旨谢恩,一皆作伪。窃恐君臣父子之际,为礼不宜如此。乞自今应差子孙弟侄押赐,并不用此例。"从之。至当之论,后皆遵行。顷见老先生言:此出荆公意,奏检亦公笔,特假雱名尔。雱字元泽。大观元年诏:"赐使相以上生日器币,故事止差亲戚,殊失宠遇大臣之意。自今取旨差官。"

洮 河 开 边

元泽年十三,得秦州卒言洮、河事,叹曰:"此可抚而有也。使夏人得之,则吾敌强而边受患博矣。"其后王韶开熙河,盖取诸此,靖康沧海横流之变,萌于熙宁开边。书生轻锐谈兵,贻天下后世祸患,可胜慨哉!

丈 人

《蜀先主传》载汉献帝舅车骑将军董承之语,裴松之注:"按:汉灵帝母董太后之侄,于献帝为丈人。盖古无丈人之名,故谓之舅也。"后呼丈人为"外舅",其本此乎?然《汉·匈奴传》书且鞮单于云:"汉天子,我丈人行。"若曰此语止为尊老言,非专指妻之父则可;若谓古无丈人之名,后学窃有疑焉。泰山亦有丈人峰,故俗于妇翁有"泰山"之呼。

生 而 富 贵

生而富贵，穷奢极欲，无功无德而享官爵，又求长寿，当如贫贱者何？若又使之永年，为造物者无乃太不均乎？履富贵者，其可不思持之以德！

汴 河 遗 物

靖康乱后，汴河中多得珍宝，有获金燎炉者。以尚方物，人间不敢留，复归官府。扬州仓卒南渡，扬子江中遗弃物尤多。后镇江渔户于西津沙际，有得一囊北珠者。太平兴国中，郑州修东岳庙，穿土得玉杵臼以献，亦五代乱离时之物。金玉没于地中，盖亦有时而复出。

恩 科 议 姻

朴樕翁《陶朱集》载："闽人韩南老就恩科，有来议亲者，韩以一绝示之：'读尽文书一百担，老来方得一青衫。媒人却问余年纪，四十年前三十三！'"朴樕，单父人，尝宦于政、宣间。或云陈君向也。

曹武惠下江南

曹武惠彬下江南，副帅欲屠城，曹力止之，曰："此已降，不可杀。"曹后梦一神人告之曰："汝能全江南一城人，帝命赐汝城中人为汝子孙。"故其后繁盛，今虽湮微，犹应出两府。曹泳景游尝语此，两府其自期耶？辉家远祖，国初知江州，属曹翰屠城之初，遗骸遍野。乃对庐山作万人冢，仍自为记。德既及于枯骨，或谓后嗣当有阴报。有相先墓者，言亦当出神仙。高叔祖讳恪字执礼，第四十五，治《易》甚精，早魁乡荐，一旦舍去。传道于徐神翁，自称赤局先生，灵异不可具述。乡人敬之。但曰周先生，家绘其像。神翁书赞云："周四十五，衣破不补；土木形骸，神气可取。"宣和诏，不起，锡守静处士之号。群从记其事迹甚详，兹不具载。虏犯淮甸，亦知守静名，不犯其室。建炎末，尸解去。其隶仲大亦得道，有一皮箧无底，取钱常不竭。后随先生羽化。

阳 关 数 条

阳关，去长安一万里，汉将杨兴败走出此关，因以为名。长安城东，出南头名霸城门，俗以其色青，名曰青门。见《三辅黄图》。范睢曰："秦北有甘泉宫。谓其下有甘泉水。"见《战国策》。邯郸属磁州。邯，山名；郸，尽也，言邯山至此而尽。以城郭字皆从邑，故作"郸"。见《寰宇记》。金城郡，一曰筑城得金，一曰取其坚固，一曰以郡在京之西，金，西方之行。望都，谓登尧山见都。酒泉，谓泉如酒。并见《地里志》。此数条，皆因人有问，检示之，非特出也。

交 印 避 忌

正、五、九，仕宦者不交印，俗忌牢不可破，初不知为藩镇开府，犒劳将佐，宰杀物命设。恐伤物命固然，何独此三月？岂以浮屠氏谓此九十日为斋素月耶？不经之甚。御笔除擢，无非日下供职，何尝问日辰利不利。或曰：历日上所书黄道，假也；君命到门，真黄道也。

常 平

常平备凶荒，立法甚严，而米斛有以陈易新之条，州郡恃以借兑。先人任信幕，后守不偿前欠，一旦漏底，官吏并送邻州勘鞫。先人亦坐失于催促拨还，科公罪笞，不理遗阙。二十年后，因同时坐累，该改秩，为铨曹留难索案。至朝廷时，宗衮益国公参大政，从容见语："近见先丈常平伏辩，既不曾金书，何亦被鞫？"辉因言州郡刑狱冤滥，有司以被朝命，虽知不曾着字，盖亦行三问，岂容不承？罪及无辜，大率类此。退而思之,先人尚无恙,或陷深文,固可雪理于今日矣。自昔初除执政,例荐所知三两人。建康王元枢初得政,首以先人名闻,乃自临安管库除江东漕司干官。见次一任,屡更使长,皆欲发文字,力辞之。竟终于选调。

四 路 墨 宝

煇尝于郑旸叔^霁家得荆、襄及川、蜀四路金石刻,目为"五路墨宝"。郑既录碑之全文,刓泐者缺焉,且附已说。欧阳《集古》考究未备者,间有辨正。类为数巨帙,考证良备,悉上秘府。其副因借留数月归之。第录其目并其说,前后亦得其汉刻十数种。旋为亲党沈虞卿取去。郑乃同州死事骧之子,绍兴间尝历四川监司。其子忱德云:在蜀日,李公仁甫久相从,于墨宝订正有助焉。且出数小纸细书,皆李订正之语。前汉碑固多,晋碑亦绝少,盖晋制三品方许立碑。

秦 汉 碑 刻

曾大父喜蓄古刻,承平时盖亦易致,士大夫不甚秘惜。兵火后,散失一无遗者。刘季高侍郎尝语先人:顷年蒙嘉其好古,辍赠甚多,皆秦、汉间物,在今日为艰得。语次亦尝询其名件,岁久复忘之。

没 字 碑

绍兴九年,虏归我河南地。商贾往来,携长安秦汉间碑刻,求售于士大夫,多得善价。故人王锡老,东平人,贫甚,节口腹之奉而事此。一日,语共游:"近得一碑甚奇。"及出示,顾无一字可辨,王独称赏不已。客曰:"此何代碑?"王不能答。客曰:"某知之,是名'没字碑',宜乎公好尚之笃也!"一笑而散。

玛瑙盘

唐裴行俭破外国，得玛瑙盘，广三尺，出以示将士，为军吏捧盘升阶，跌而碎之。叩头流血请罪，行俭笑曰："尔非故为，何罪？"国朝韩魏公得二玉杯、玉盘，觞客次，籍以锦，置于案，为执事者触案，碎于地。非但一时略不变色，竟无追惜之意。与夫吕文靖俾小姬擎宝器入书室，故戒及门若足踏而仆，试诸子度量。古今之事，若合符节。

坡教作文

东坡教诸子作文，或辞多而意寡，或虚字多实字少，皆批谕之。又有问作文之法，坡云："譬如城市间种种物有之，欲致而为我用，有一物焉，曰钱。得钱，则物皆为我用。作文先有意，则经史皆为我用。"大抵论文以意为主。今视坡集诚然。

石林三戒

叶少蕴云："某五十后不生子，六十后不盖屋，七十后不作官。"然晚年以子舍之多，不免犯六十之戒，屋成而公死矣。二事得于洪庆善。

吉阳风土恶弱

从叔其乂守吉阳，到官，书报："此行再涉鲸波，去死一间。抵郡，止茅茨散处数十家，境内止三百八户，无市井。每遇五七日，一区黎洞贸易，顷刻即散，僚属一二，皆土著摄官，不可与语。左右使令辈，莫非贷命黥卒，治稍严，则为变不测。地炎热，上元已衣纱。果实多不知名，瓜大如斗瓶。但有名香异花，此外色色无之。东坡言昌化不类人境，以吉阳视之，犹为内郡，不但饮食不具、药石无有也。"又书云："一日出郊,见横巨木于地,上有穴,覆以板,泥封甚固。叩从者,不肯言,再三诘之,方言:前政某殁于此,属无周身之具,用此殓殡。或扣:有巨木,何无板? 答以素无锯匠。"后知因此感动,得疾丐归。行至琼管,竟殂。三女继亡,诸丧皆寄湖广不得归。备书之,为行险远宦者之戒。《南海录》言:南人送死者无棺椁之具,稻熟时理米,凿大木若小舟以为臼,土人名"舂塘"。死者多敛于舂塘中以葬。士夫落南,不幸而死,曾不得六尺之棺以敛手足形骸,诚重不幸也!

曹 王 母

唐太宗立皇子明为曹王,母杨氏,巢刺王妃也,有宠于上。文德皇后崩,欲立为后。魏郑公谏曰:"陛下方比德唐、虞,奈何以辰嬴为累?"虽从谏而止,迹可掩乎? 不能正之于始,其后高宗之于武后,明皇之于杨妃,顾传家法,不以为恶。若郑公之敢谏,孰能继之?

唐 帝 像

舅氏张必用,家藏唐诸帝全身小像,乃蜀中名笔。巾裹红袍,年祀悠远而色不渝。独明皇像别为一帧,幅巾跨马,左右侍卫单寡,有崎岖涂路之状,题云《幸蜀图》。然僖宗亦尝幸蜀,未知孰是。蔡絛《铁围山记》,书徽宗尝以小李将军《唐明皇幸蜀图》一横轴赐阁下,臣下观者窃谓非佳兆。世所传,其摹本欤?

卧 榻 缕 金

天圣七年,诏士庶僧道不得以朱漆床榻。至宣和间,蔡行家虽卧榻亦用滴粉销金为饰,赵忠简公亲见之。其奢俭不同如此。

葛 公 坐 亡

先人任江东漕幕,与葛公谦问为代,文康公孙也,魁然重厚古君子。宦情世故，皆应以无心，文采外深契禅悦。后倅毗陵，遇煇以通家子弟。一日，见语："人生腊月三十夜，要当了了，方见平生着力处。"始意如平时举葛藤尔。别数年，公守临川，一日，属微疾，忽索笔书偈曰："大洋海里打鼓，须弥山上闻钟；业镜忽然扑破，翻身透出虚空。"召僚吏示之曰："生之有死，如昼之有夜；无足怪者。若以道论，安得生死；若作生死，会则去道远矣。"语毕，端坐而逝。笔势遒劲，其家版行。超脱如此。东坡论陶渊明云："出妙语于纩息之余，岂涉生死之流哉！"煇于葛亦云。葛名郯。

僧 谭 祸 福

丙午、己亥、壬戌、乙巳，煇命之八字也。顷遇一老僧谈五行，见语："若非乙巳，不至今日；若无壬戌，不致竟老穷薄。退神用事，多失机会。然福不成福，祸不成祸，所得者寿数差永。"淳熙戊申，居都下。除夕，有二辈伪传亲知言至门，出见觉非，忽言奉圣旨追对公事。时以永嘉林氏争分，方兴制狱，初不持文引，乃随以往。中无所慊，神色泰然如常。至府治门外，坐于一室。后知为总辖房。已见灯，二辈后知为府皂。询扣年甲、乡贯、来历，往返者五六。乃云不敢久留，再三摧谢，送出门。盖悟其非也。一时叵测。既归，议诉于府尹赵子和。尹云制院谬误，所谓总辖使臣者，亦宛转致恳，谓已科决元所遣之吏。盖本逮永嘉周和泰，"错认颜摽作鲁公"也。亲旧见晓，既京尹护失，孰信其枉？后两日，制狱事亦已。复自念，与传记所书入冥误追放还境界无异，特幽明殊涂尔。平生横逆，莫此为甚。当是时，庙堂禁从，有知己闻之，第骇愕而已。己酉终岁，灾屯无所不有，特未溘然，又留残喘。至今事定，却有风声鹤唳之警。虽云气数实使然，益信老僧"祸不成祸"之说，且为官府追逮不审之戒。

大 暑 去 酷 吏

尝闻范鲁公质暑中所执扇，偶书"大暑去酷吏，清风来故人"两句于其上。或见之，言曰："世之酷吏、冤狱，何止如大暑也！公他日当深究此弊。"公后见周祖，首建议律条繁广，轻重无据，吏得以因缘为奸。周祖特诏详定，是为《刑统》。州县司刑宪者，若人人以鲁公存心，尚何酷吏、冤狱之为惧！

僧　道　数

道士一万人，僧二十万人，乃绍兴二十七年礼部见注籍之数。时未放行度牒，迨今三十余年，其复有所损益欤？绍兴间，福建大刹有申所属，谓积下度僧钱若干，乞备申举以献助，乞量给度牒三两道。盖尝试也。时议者谓宜依所请，第令具戒腊最深者三五辈以闻，并与师号，以伐其谋。淳熙间，执政进呈江州置驻泊军，因依赵雄奏：昨已准宣谕卖度牒非佳事，今湖广总领所岁有给降度牒定数，不知绍兴年间不曾给降，亦自足用。岂绍兴间未有江州军耶？雄奏：今契勘江州军，自绍兴三十年创置，以万人为额，度牒初未行也。上曰："待以示三省，朕不欲给降度牒，当渐革之。"张孝祥建议：自恭人至孺人，邑号分等第立价，许贵家妇女及妾投名书填，则数百千万不日可办。于以佐国用，较以度牒，生齿不削，户口不耗，仍不为民之蠹。虽曰得策，终以鬻爵以诱妇人，名器轻假，而不果行。

钱　谱

辉家旧藏《历代钱谱》十卷，乃绍圣间李孝美所著，盖唐人顾烜、张台先有纂说，孝美重修也。周、秦后钱之品样，具著于帙，是特见于形似尔。亲党洪子予，收古泉币数十百种，自虞、夏以降，一无遗者。每出示坐客，道所以然，皆有依据。大抵古钱轮郭皆重厚，叩之有声。虽王莽小钱，名径六分、重一铢，然亦不致轻薄。岂上古鼓铸但求精致，初不计铜齐耶？洪死，尝叩其子，云："悉举入棺矣。"或言其家虑为势力者攘取，故为之辞。

顺 天 得 一

元丰间，庞懋贤元英为主客郎，尝著《文昌杂录》，内一条，以不知"得一顺天钱"铸于何代为言。书成后，又言："近得于朝士王仪家有《钱氏钱谱》，乃史思明所铸，初以'得一'非长祚之兆，乃改'顺天'。"辉于洪氏见二钱，文皆汉隶，径寸四分，以一当"开元通宝"之百，而李谱复云："思明销洛佛铜所铸，贼平无所用，复以铸佛。今所余，伊、洛间甚多。"视钱之谱为详。以是知诚有益于未闻，好事者当裒诸家所谱，更考近世圜法沿革，萃为一帙，板行于世，不亦善乎！

王 言 有 疑

尝得一告词云："朕眷礼勋臣，既极异姓王之贵；疏恩私室，并侈如夫人之荣。以尔修态横生，芳性和适，会膺无恤之贵，终隆络秀之家。爰锡命书，靡拘常典。用肇封于大郡，俾正位于小君。往服宠光，益循柔履。"绍兴间，权外制某人行。"如夫人"及"修态横生"，或者于王言有疑。时勋臣嫡室尚在，"正位小君"之语亦有疑。

宰 辅 年 甲

国朝宰相文潞公丙午生，元祐元年平章事，未有踵其后者；范丞相己卯生，建炎四年平章事，未有处其先者。

名 公 下 世

自昔名公下世，太学生必相率至佛宫荐悼。王荆公薨，太学录朱朝伟作荐文，以公好佛，其间多用佛语。东坡讣至京师，黄定及李豸皆有疏文。门人张耒时知颍州，闻坡卒，出己俸于荐福禅寺修供，以致师尊之哀。乃遭论列，责授房州别驾，黄州安置。虽名窜责，馨香多矣。山谷在南康落星寺，一日凭栏，忽传坡亡，痛惜久之。已而顾寺僧，拈几上香合在手，曰："此香匜子，自此却属老夫矣。"岂名素相轧而然，或传之过？

使　高　丽

宣和奉使高丽，诏路允迪、傅墨卿为使介，其属徐兢，仿元丰中王云所撰《鸡林志》为《高丽图经》，考稽详备，物图其形，事为其说，盖徐素善丹青也。宣和末，先人在历阳，虽得见其图，但能抄其文，略其绘画。乾道间刊于江阴郡斋者，即家间所传之本。图亡而经存，盖兵火后徐氏亦失元本。《鸡林志》四十卷，并载国信所行遣案牍，颇伤冗长。时刘逵、吴拭并命而往，是行盖俾面谕高丽国王颙云："女真人寻常入贡本朝，路由高丽。如他日彼来修贡，可与同来。"颙云："明年本国入贡时，彼国必有人同入京也。"海上结约，兹为祸胎。

刘莘老诗

刘莘老丞相工诗，送安厚卿二人使高丽云："杳杳三韩国，煌煌二使星。海神无暴横，天子有威灵。"时以为绝唱，后四句不传。

杀　鼋

熙宁中，侍禁孙勉，监澶州堤，见一鼋自黄河顺流而下，射杀之，继而暴卒。入冥为鼋诉，当偿命。殿上主者乃韩魏公，勉实故吏，乃再三求哀。公教乞检房簿，既至阴府，如所教，以尚有寿十五年，遂放还。《韩魏公别录》所书，其略如此。《魏公家传》则云：右侍禁孙勉，监元城埽，埽多垫陷，费工料。勉询知有巨鼋穴其下，乃伺出射杀之。数日，勉方昼卧，为吏追去："有鼋诉，当往证之。"既至一宫阙，守卫甚严，吏云："紫府真人宫也。"勉仰视，真人乃韩魏公也，亟俯伏诉。公微劳之曰："汝当往阴府证事乎？"勉述杀鼋事，公取黄诰示之，谓曰：

"鼋不与人同，彼害汝埽，杀之，汝职也。"遣之使去，出门遂瘳。事既播扬，神皇谓辅臣曰："闻说韩琦为真人事否？"皆曰："未之闻也。"上具道所以，咨嗟久之。二说不同，当以《家传》为正。又一说：政和间，方士王老志语公之子吏部侍郎粹彦曰："紫府真人乃阴官之贵，未为天仙。"又云："公亦尝为十华真人下侍者。"粹彦曰："然。"

卷八

中 兴 颂

　　浯溪《中兴颂碑》,自唐至今,题咏实繁。零陵近虽刊行,止会粹已入石者,曾未暇广搜而博访也。赵明诚待制妻易安李夫人,尝和张文潜长篇二,以妇人而厕众作,非深有思致者能之乎?"五十年功如电扫,华清花柳咸阳草。五坊供奉斗鸡儿,酒肉堆中不知老。胡兵忽自天上来,逆胡亦是奸雄才。勤政楼前走胡马,珠翠踏尽香尘埃。何为出战辄披靡?传置荔枝多马死,尧功舜德本如天,安用区区纪文字!著碑铭德真陋哉!乃令神鬼磨山崖。子仪光弼不自猜,天心悔祸人心开。夏、商有鉴当深戒,简策汗青今具在。君不见当时张说最多机,虽生已被姚崇卖!""君不见惊人废兴传天宝,《中兴碑》上今生草!不知负国有奸雄,但说成功尊国老。谁令妃子天上来,虢秦韩国皆天才。花桑羯鼓玉方响,春风不敢生尘埃。姓名谁复知安史,健儿猛将安眠死。去天尺五抱瓮峰,峰头凿出开元字。时移势去真可哀,奸人心丑深如崖。西蜀万里尚能反,南内一闭何时开?可怜孝德如天大,反使将军称好在。呜呼!奴辈乃不能道辅国用事张后尊,乃能念春荠长安作斤卖!"顷见易安族人言:明诚在建康日,易安每值天大雪,即顶笠披蓑,循城远览以寻诗,得句必邀其夫赓和,明诚每苦之也。辉尝欲哀今昔名人所赋《庐山高》、《明妃曲》、《中兴颂》,用精纸为轴,丐工字画者随意各书一篇,后志姓字岁月,常常披展,为醒心明目之玩,竟未克成。是极易办,人必乐从,特坐因循耳。易安父文叔,元祐馆职。

板 本 讹 舛

印板文字，讹舛为常。盖校书如扫尘，旋扫旋生。葛常之侍郎著《韵语阳秋》，评诗一条云："沈存中云：退之《城南联句》'竹影金锁碎'者，日光也，恨句中无'日'字尔。余谓不然。杜子美云：'老身倦马河堤永，踏尽黄榆绿槐影。'亦何必用'日'字，作诗正要如此。"葛之说云尔。辉考此诗，乃东坡《召还至都门先寄子由》首云："老身倦马河堤永，踏尽黄槐绿榆影。"终篇皆为子由设，当是误书"子瞻"为"子美"耳。此犹可以意会，若麻沙本之差舛，误后学多矣。

芝 山 诗

刘季孙初以左班殿直监饶州酒，题小诗于治所壁间："呢喃燕子语梁间，底事惊回梦里闲？说与旁人应不解，杖藜携酒看芝山。"时王荆公任本路宪，按行见之，大加称赏，遂檄权本州教授。后叶石林特著于诗话中。芝山乃饶州近城僧寺，后池阳刻本乃改"芝山"为"前山"，一字不审，乃失全篇之意。抑见自昔右列，亦可承师儒之乏。

垂 肩 冠

皇祐初，诏妇人所服冠，高毋得过七寸，广毋得逾一尺，梳毋得逾尺，以角为之。先是，宫中尚白角冠，人争效之，号"内样冠"，名曰"垂肩"、"等肩"，至有长三尺者，登车檐皆侧首而入，梳长亦逾尺。议者以为服妖，乃禁止之。辉自提孩，见妇女装束数岁即一变，况乎数十百年前，样制自应不同。如高冠长梳，犹及见之。当时名"大梳裹"，非盛礼不用。若施于今日，未必不夸为新奇，但非时所尚而不售。大抵前辈治器物、盖屋宇，皆务高大，后渐从狭小，首饰亦然。

富　春　坊

　　成都富春坊,群倡所聚。一夕遗火,犁明有钉一牌,大书绝句诗于其上:"夜来烧了富春坊,可是天公忒四行? 只恐夜深花睡去,高烧银烛照红妆。"乃伊洛名德之后,号道山公子者所作。又有小词一编,皆艳语。辉尝得其一启,乃代其弟上周彦约侍郎,其略云:"惟曾祖受三天子聘贤之礼数,在先朝为九老人受道之师承。继巢、由之高踪,辞夔、龙之盛举。惟君子之泽未斩,而圣人之道必传。"文采典重如此,岂可以一时谐谑之迹而加訾议。晏叔原著乐府,黄山谷为序,而其父客韩宫师玉汝曰:"愿郎君捐有余之才,崇未至之德。"前哲训迪后进,拳拳如此,为后进者得不服膺而书绅! 贺方回、柳耆卿为文甚多,皆不传于世,独以乐章脍炙人口。大抵作文,岂可不谨!

邮　亭　曲

　　陶尚书谷奉使江南,恃才凌忽,议论间殆应接不暇。有善谋者,选籍中艳丽,诈为驿卒媚女,布裙荆钗,日拥篲于庭。谷一见喜之,久而与之狎,赠以长短句。一日,国主开宴,立妓于前,歌所赠"邮亭一夜眠"之词,谷大惭沮,满引致醉,顿失前日简倨之容。归朝,坐此抵罪。文潞公帅成都,有飞语至朝廷,遣御史何郯因谒告俾伺察之。潞公亦为之动,遍询幕客,孰与御史密者。得张俞字少愚者,使迎于汉州,且携营妓名王宫花者往,伪作家姬,舞以佐酒。御史醉中取其领巾,题诗云:"按彻《梁州》更《六么》,西台御史惜妖娆。从今改作'王宫柳',舞尽春风万万条。"至成都,此妓出迎,遂不复措手而归。二事切相类。一说王宫花一名杨台柳,诗首句云"蜀国佳人号细腰"。何字圣从,亦蜀人也。

慧　林　老

大观二年诏：大相国寺慧林禅院长老元正坐化，并无衣钵，阙葬送之用。赐绢三百匹、钱三百贯，赐寂照之塔，仍间度一僧。浮屠示寂，寸丝不挂，亦安用尔许缣帛！时方崇道教，诏道流叙位在僧之上。元正何人，而膺此优典？

高　山　仰　止

顷岁，儿女合卺之夕，婿登高座，赋诗催妆为常礼，后皆略去。京师贵游纳婿，类设次通衢，先观人物。岳母忽笑曰："我女如菩萨，却嫁个麻胡子！"谓其多髯也。殆索诗，乃大书曰："一双两好古来无，好女从来无好夫。却扇卷帘明点烛，待交菩萨看麻胡！"一座传观烘堂，盖婿亦不凡也。尝得其姓名，今失记。

西　园　会

辉居建康，春晚赴张德共会于西园，呼数辈为侑。酒酣，忽有传府命呼其人。时张安国开府方两日。其人既去，求自解之说。众谓但以实告，况社中二客不至，必留铃斋。翌旦询之，如所料。初，歌者既去，坐客骆适正即席赋诗云："花随春尽觅无痕，尚续余欢索侑尊。一曲未终人已去，西园灯火欲黄昏。"辉尝赓和，不记也。迨今一世，西园宾主无一在者，独辉苍颜华发，羁寓西湖上，"旧事无人可共论"，为之一叹。

食　料　羊

淳化宰相张公齐贤，布衣时尝春游嵩岳，醉卧巨石上。梦人驱群羊于前，曰："此张相公食料羊也。"既贵，每食数斤，犹未厌饫，健啖世无比者。此与唐赞皇李德裕梦人谓平生合享万羊之兆符合。以是知贵人鼎养丰厚，冥冥中自有定数。贫儒岂可不安藜藿之分！

唐诗选

王荆公与宋次道同为三司判官，时次道出其家藏唐诗百余编，托荆公选其佳者。荆公乃金出，俾吏抄录。吏每遇长篇字多，倦于笔力，随手削去。荆公醇德，不疑其欺也。今世所传本，乃群牧吏所删者。欧阳公《归田录》未出而序先传，神宗宣取，公时致仕居颍，以其间纪述有未欲广者，因尽删去。又患其文太少，则杂以戏笑不急之事。元本未尝出。《庐陵集》所载，上下才两卷，乃进本也。

宋诗选

近时曾公端伯亦编《皇宋百家诗选》，去取任一己之见，虽非捃摭诋诃，其间或未厌众论。且于欧公、荆公、东坡诗皆不载，虽曰用《唐诗选》韩、杜、李不与编故事，其亦大名之下，不容有所铨择耶？吕居仁图江西宗派，凡二十五人。议者谓陈无己为诗高古，使其不死，未甘为宗派。若徐师川，则固不平列在行间。韩子苍曰："我自学古人。"夏均父亦耻居下列。一时品第，尚尔纷纷，矧随好恶笔削篇章，示己鉴裁之明，岂免议论！曾帅江陵日，叔祖为参议官，亲见亟欲《诗选》成，仅得数篇，即撰小序以刊行。旋悟疏略，欲删去而不及。吴虎臣《漫录》书居仁作图时，均父没已六年，耻在下列为非。辉亦见前辈云：东莱自言宗派本无铨次，后人妄谓有所高下，且悔少作。是皆党东莱者创此说以盖时论，非本语也。

水 晶

京畿转运司奏，收到太和山水晶大小四千余块，邕州等处产金宝，共收到金二千四十六两，数内采到生大黄金，不经烹炼者；汝州产玛瑙二万五千斤，一块重二十一斤五两。并宣付史馆。时政和四年也。又潭州益阳县莲荷场掘得金四块，总计一千七百八两。方崇饰祥瑞之际，地不爱宝，阐珍以表极治，其盛如此。

四　先　生

郑穆，字闳中，闽士所尊四先生，郑其一也。元祐初，为国子祭酒，久而请老，太学诸生数千人状诣司业，又诣丞相府请留，不报。以待制奉祠，将行，公卿大夫多以诗赠之，三学之士皆为诗，且出祖汴东门外。三献酒，再拜堂下，辞诀而去，观者叹息。辉幼从合肥王公助学，王与郑中表亲，有一编曰《归荣》，乃送行诗也，后未见此本。

老　人　发　肤

人少则发黑，老则发白，久则黄；人少则肤白，老则肤黑，久则黯，若有垢然。发黄而肤为垢，故曰"黄耇"，见王充《论衡》。而今《韵略》"耇"字下亦注："老人面若垢为耇。"

龙　骧　将　军

崇宁三年，驾幸金明池，乘乌马还内，道路安平，赐名龙骧将军。艮岳一石，高四十尺，名神运昭功。宣和五年，朱𪟝自平江府造巨舰载太湖大石一块至京，以千人舁进。𪟝被赏建节，石封盘囤侯。

姚　解　元

方务德侍郎帅绍兴，赴召，士人姚某以书投诚，其略曰："某流落江湖二十年，兄弟异立，未能成家。重以场屋蹉跌，遂失身于倡馆马慧。岁月滋久，根深蒂结，生育男女，于义有不可负者。兼渠子然一身，无所依倚，处性不能自立。万一有叛此盟，终身废弃，存亡或未可保。不于侍郎还朝之日得遂脱身从良，他日必困此门户中，不唯无以释儿女之恨，而某亦从此销缩。区区欲望矜怜，使鱼鸢之属川泳云飞，侍郎之德大矣。敢不下拜！”方书其后云："姚某解元，文词英丽，早以俊称。杯酒留连，遂致于忘反。露由衷之恳，不愧多言；遂成家之名，何爱一妓！韩公之于戎昱，既徇所求；奇章之望牧之，更宜自爱！"能从其请，可见宽厚之德，且引事切当。韩滉镇润州，戎昱典属郡，昵一妓。或言于韩，韩取。戎不敢留，临别作小词曰："好在春风湖上亭，柳丝藤蔓系人情。黄鹂久住浑相恋，欲别频啼三两声。"韩闻即归之。盖用此事。

知和叔

从叔知和，随侍官九江，尝以诗见吕东莱居仁。后以书请教，答云："庐阜咫尺，读书少休，必到山中，所与游者谁也？古人观名山大川，以广其志思而成其德，方谓善游。太史公之文，百氏所宗，亦其所历山川有以增发之也。惜其所用止在文字间，若使志于远者、大者，虽近逐游、夏可也。"又为作《求诸己斋》诗，见集中。知和尝尉吴江，作《垂虹诗话》，语辉未有序。辉言：若以所得东莱帖冠于首，何用他求？从之。复著《垂虹赋》，为人称赏，盖得少小师尊前辈之力。惜年未及中，病废而卒。

宣和骑射

政和五年四月，燕辅臣于宣和殿。先御崇政殿，阅子弟五百余人驰射，挽强精锐，毕事赐坐，出宫人列于殿下，鸣鼓击柝，跃马飞射，翦柳枝，射绣球，击丸，据鞍开神臂弓，妙绝无伦。卫士皆有愧色。上曰："虽非妇事，然女子能之，则天下岂无可教！"臣京等进曰："士能挽强，女能骑射。安不忘危，天下幸甚！"见《从游宣和殿记》。

郡 守 画 像

　　近世州郡,类以名贤昔尝临莅,绘像以章遗爱。数十百年后,何缘得其容貌之真,但画衣冠,题爵位、姓名耳。东坡《送周正孺知东川诗》,落句云:"为君扫棠阴,画像或相踵。"盖蜀中太守,无不画像者。顷王显道守吴门日,孙仲益居毗陵,以尝牧是邦,遣骑求其传神,并复齐云楼旧观。孙谢之,有"尝读《国史》,钱惟演作《枢密直学士题名记》,黜寇莱公为'逆准'不书,时有蔡齐斥其妄。如规无状,公乃肯收之"之语。此绍兴间事也。钱惟演作《枢密直学士题名记》,附丽丁谓,辄去寇准姓氏,云"逆准",公尝言于仁宗曰:"寇准社稷之臣,忠义闻于天下,岂可为奸党所诬哉!"遂令磨去。见公行状。

范 忠 宣 麦 舟

　　范文正公在睢阳,遣尧夫到姑苏般麦五百斛。尧夫时尚少,既还,舟次丹阳,见石曼卿,问:"寄此久如?"曼卿曰:"两月矣。三丧在浅土,欲葬之而北归,无可与谋者。"尧夫以所载麦舟付之,单骑兼程,取捷径而归。到家拜起,侍立良久。文正曰:"东吴见故旧乎?"曰:"曼卿为三丧未举,方留滞丹阳,时无郭元振,莫可告者。"文正曰:"何不以麦舟与之?"尧夫曰:"已付之矣。""大梦行当觉,百年特未满。遑哀已逝人,长眠寄孤馆。念我同年生,意长日月短。盐车困骐骥,烈火废圭瓒。后生有奇骨,出语已精悍。萧然野鹤姿,谁复识中散? 有生寓大块,死者谁不窆! 嗟君独久客,不识黄土暖。推衣助孝子,一溉滋汤旱。谁能脱左骖,大事不可缓!"此诗东坡为李宪仲作。宪仲之子廌,坡得梁吉老十缣百丝,举以赙之。度是诗出,当多有助之者。又作《章默》诗,意益深,辞益哀。今之人亲丧未举,岂免求哀于时;若假是名因以为利,或广求以侈其葬,恐失脱骖之本意也。

六　一　堂

　　欧阳文忠公父郑公，任绵州推官日，生文忠。后有谢固者，居是官，于治所之左葺一堂，号"六一"。唐子西赋长篇，有"即彼生处所，馆之与周旋"之句。或云司马温公父待制公，守浮光日生温公，故名，取辉耀之义。自昔功施于民则祀之，矧巨公盛德，功在社稷，百世宗仰者乎！或云郡旧有香火之奉，今守土者得不侈大祠宇，以永其传。若第以名势所临，在仕者献谀取媚，如绍兴间黄州为时相建瑞庆堂是也。谢固一为谭望，子西自有两说。

茶　图　诗

　　先人三弟，季字德绍，与辉同庚同月，辉先十三日。自幼从竹林游，德性敏而静，中年后文笔加进。尝题《玉川碾茶图》绝句云："独抱遗经舌本干，笑呼赤脚碾龙团。但知两腋清风起，未识捧瓯春笋寒。"颇有唐人风制。死已十年，遗稿失于收拾，但宗族间传得一二。

台　谏　上　殿

　　旧说台谏当上殿，未有题目，五更不寐，平生亲旧，一一上心。盖唯亲旧可得其详，庶免风闻之误。是虽戏语，尝亲见之。绍兴间，某任言责，欲论一人，未得出处不叶公议与之齐者。偶一乡人来访，私谓得其人矣。叙契阔，接殷勤，甚欢。其人大喜过望，意汲引可必也。越两日，章疏上，乃同前欲论者降旨即日押出国门。"宁逢恶宾，莫逢故人。"又云："故人相逢，不吉则凶。"

卷九

洞 府 投 简

天下名山洞府：河阳府平阳洞，台州赤城山玉京洞，江宁府华阳洞，舒州灊山司真洞，杭州大涤洞，鼎州桃源洞，常州张公洞，南康军庐山咏真洞，建州武夷山升真洞，南岳朱陵洞，江州马当山上水府，太平州中水府，润州金山下水府，杭州钱唐江水府，河阳济渎北海水府，凤翔府圣湫仙游潭，河中府百丈泓龙潭，杭州天目山龙潭，华州车湘潭。初，朝廷以每岁投龙简，而洞府多在僻远处，其赍送祭醮之具，颇以为扰。天圣间，下道录院，定岁投龙简几二十处，余皆罢之。煇四十年前，于马当龙祠廊庑下见一碑，刻投龙处所，视此数颇有增益。碑阴载祭享牲牢、香币、乐节为详，乃元丰间江州建立者。再过之，则亡。

无 垢 语 录

张无垢贬南安，凡十有四年，寓处僧舍，未尝出门户。其一话一言，举足为法，警悟后学宏矣。其甥于恕哀集《语录》十二卷，既已刊行，其间《论语绝句》，读者疑焉。盖公自有《语解》，亦何假此发明奥义？尝叩公门人郎晔，晔云："此非公之文也，《语录》亦有附会者。"

富 郑 公 封 驳

唐制：唯给事得封还诏书。富郑公知制诰日，刘从愿妻遂国夫人，王蒙正女也，既夺封罢朝谒，久之复其国封，公乃缴还词头，其命遂寝。中书舍人缴词头，盖自郑公始。熊克所著《九朝通略》，书富弼缴还遂国之封，《实录》本传不载，止见于苏辙《龙川别志》。

封 押 遗 奏

　　事有碍于理，亦恐所传或致讹舛。富郑公薨，司马温公、范忠宣来吊哭。公之子绍庭泣曰："先公有自封押章疏一通，殆遗表也。"二公曰："当不启封以闻。"既曰遗表，自有常式，恐难以元封押进御。封可也，押可乎？东坡作公神道碑，止云："手封遗表，使其子上之，世莫知所以言者。""袖中谏草朝天去"，欧阳公固尝议之。

仕 宦 知 止

　　"禄岂须多，防满则退；年不待暮，有疾便辞。"仕者若守此戒，则不殆不辱，可全始终进退之节。顷见洪庆善书此语于座屏，然晚有南荒之谪，盖亦昧于勇退。士大夫能明哲保身，以全终始者寡矣。

嫁 女 娶 妇

　　"嫁女须胜吾家者，娶妇须不若吾家者。"或问其故，曰："嫁胜吾家，则女之事人必钦必戒；娶妇不若吾家，则妇事舅姑必执妇道。"安定胡翼之云。辉见老先生言安定为此说必有谓。岂其男女昏嫁，用此说皆得所归而然欤？

不 受 盘 餐

　　石守道为举子时，寓学于南都，其固穷苦学，世无比者。交游间尝以盘餐遗之，石谢曰："甘脆者，亦介之愿也；但日飨之则可，若止得一餐，则明日何以继乎？朝飨膏粱，暮厌粗粝，人之常情也，所以不敢当。"归之。贫乐箪瓢，贤矣哉！尝闻富郑公辞疾归第，以俸券还府，府受之。程伊川正叔曰："受之固无足议，还者亦未为得也。留之无请，可也。"或曰："馈食，美意也。受而不食，可也；却之，近名也。"

群 游 嵩 山 二说

欧阳公为西京留守推官,事钱思公。一日,群游嵩山,取颍阳路归。暮抵龙门,雪作。登石楼,望都城次,忽烟霭中有车马渡伊水者。既至,乃思公遣厨传、歌妓,且致俾从容胜赏毋遽归之意。思公既贬汉东,王文康公晦叔为代。一日,诮幕客多游,责曰:"君等自比寇莱公何如? 莱公尚坐奢纵取祸!"众不敢对。欧公取手板起立曰:"以某论之,莱公之祸,不在杯酒,在老不知退尔。"四座伟之。是时,文康年已高,为之动。故欧公六十五即休致,门生或有言:"公德望为朝廷倚重,且未及年,岂容遽去?"公答曰:"某平生名节,为后生描画尽,唯有早退以全晚节,岂可更被驱逐乎?"以是知公未老告归,盖以文康公为戒,且践畴昔之言也。或云欧公游颍阳,见山中石壁上丹书"神清洞",即此时也。时尚书祠部员外郎、直集贤院、通判河南府谢希深绛与欧阳诸公皆以王事从嵩山之游,谢有二书抵梅圣俞,历叙登览之胜,梅答以长篇,时明道元年九月也。

一小说名《默记》,内一条云:尹师鲁性高而褊,在洛中与欧、梅诸公同游嵩山。师鲁曰:"游山须是带得胡饼炉来,方是游山。"诸公咸谓:"游山贵真率,岂有此理!"诸公群起而攻之。师鲁知前言之谬,而不能胜诸公,遂引手扼吭,诸公争救之,乃免。辉见前辈云:"一时失言,有所不免;若曰愧而扼吭,无是理也。"著《默记》者亦不当书此。

侍 儿 小 名

洪驹父集《侍儿小名》三卷,王性之续一卷,好事者复益所未备。虽曰择之不精,采摭未尽,亦足为尊俎谐谑之助。士大夫昵裙裾之乐,顾侍巾栉辈得之惟艰,或得一焉,不问色艺如何,虽资至凡下,必极美称,名浮于实,类有可笑者。岂故矜炫,特偿平日妄想,不足则夸尔。或谓"若把西湖比西子,澹妆浓抹总相宜","总宜"之名为佳,特恐无敢承当者。性之之子明清云:"先公与洪玉父共成此编,非驹父之所续也。"意此语当得其实,辉传本误矣。

关　永　坚

赵忠简公秉政日，使臣关永坚亦西人，趋承云久，乃丐官淮上。贫不办行，欲货息女。公怜之，随给所须。永坚乞纳女，公却之。请力，不得已，姑留之。后永坚解秩还，公一见，语之："尔女无恙。"永坚谓宿逋未偿，公笑不答，且助资送费，嘱求良配，遂归监平江梅里镇宗室汝霖。女言："虽累年日侍丞相巾栉，及嫁尚处子也。"汝霖与知泗州王伯路厚，语其详。王云："前辈于比等优为之，特今之人为难能。"司马温公、曾鲁公各有自似此一事传于世，文多不载。

花　信　风

江南自初春至首夏，有二十四番风信。梅花风最先，楝花风居后。辉少小时，尝从同舍金华潘元质和人《春词》，有"卷帘试约东君问，花信风来第几番"之句。潘曰："宫词体也，语太弱则流入轻浮。"又尝和人《蜡梅词》，有"生怕冻损蜂房，胆瓶汤浸，且与温存着"，规警如前。朋友琢磨之益，老不敢忘。潘墓木拱矣。

野　艇

山谷云："野艇恰受两三人。"别本作"航"。"航"是大舟，当以"艇"为正。今所谓航船者，俗名轻舲，如"航湖"、"航海"，亦为常谈。张景阳《七命》载在《文选》，有"泛三翼，泛中沚"之句，所谓三翼，皆巨战船，非轻舟也。

郴　州　词

秦少游发郴州，反顾有所属，其词曰："雾失楼台，月迷津渡。桃源望断无寻处。可堪孤馆闭春寒，杜鹃声里斜阳暮。驿寄梅花，鱼传尺素，砌成此恨无重数。郴江幸自绕郴山，为谁流下潇湘去？"山谷云："语意极似刘梦得楚、蜀间语。""泪湿阑干花著露,愁到眉峰碧聚。
阑干,泪脸也,见《邺侯家传》。"愁到眉峰碧聚",乃张泌《思越人词》:"黛眉愁聚春碧。"此恨
平分取,更无言语空相觑。断雨残云无意绪,寂寞朝朝暮暮。今夜山
深处,断魂分付潮回去。"毛泽民元祐间罢杭州法曹,至富阳所作《赠
别》也。因是受知东坡。语尽而意不尽,意尽而情不尽,何酷似少游
也!乾道间,舅氏张仁仲宰武康,辉往,见留三日,遍览东堂之胜。盖
泽民尝宰是邑,于彼老士人家见《别语》墨迹。

善 博 日 胜

苏东坡云:"如人善博,日胜日负。"王荆公改作"日胜日贫"。坡
之孙符云:元本乃"日胜日贫"。吕正献尤不喜人博,有"胜则伤仁,
败则伤俭"之语。

毁 通 鉴

了斋陈莹中为太学博士。薛昂、林自之徒为正、录,皆蔡卞之党
也,竞尊王荆公而挤排元祐,禁戒士人不得习元祐学术。卞方议毁
《资治通鉴》板,陈闻之,因策士题特引序文,以明神宗有训。于是林
自骇异,而谓陈曰:"此岂神宗亲制耶?"陈曰:"谁言其非也?"自又曰:
"亦神宗少年之文耳。"陈曰:"圣人之学,得于天性,有始有卒。岂有
少长之异乎?"自辞屈愧叹,遽以告卞。卞乃密令学中敞高阁,不复敢
议毁矣。毁《通鉴》非细事也,诸公未有纪之者,止著于《了斋遗事》
中。国子监旧有安定胡翼之祠,绍圣初自为博士,闻于朝,彻去。

猫 食

客言:苏伯昌初筮长安狱掾,令买鱼饲猫,乃供猪衬肠。诘之,
云:"此间例以此为猫食。"乃一笑,留以充庖。同寮从而遂日买猫食。
盖西北品味,止以羊为贵。

莫 安 排

诏赐楚州孝子徐积绢三十匹，米三十石。积从胡瑗学，一见，异待之。尝延食中堂，二女子侍立。将退，积问曰："门人或问见侍女否，何以答之？"瑗曰："莫安排。"积闻此言省悟，所学顿进。此段不但见于诸公纪闻，亦载在《哲宗实录》，乃元丰八年事也。岂警后学，要妙在"莫安排"三字，故史臣从而书焉。徐字仲车。

仲 车 杂 著

仲车《杂著》数十条，临川、山阳板行。其一云："'陈力就列，不能者止'，近世拜官，徒为饰词，已足耻矣。而朝廷又为之法曰：'至某官乃得辞免。'是教人为伪也。其两府有除拜，未受命，必先押入，其名已不正。盖贤者以礼进，以义退，既可押入，必可押出。"此固然矣，但立法有素，岂易顿革。柄臣为国具瞻，既膺大拜，不应偃然即当其任，故三辞、再辞；次及从官、台谏，一辞而已。此岂由衷，特拘以法。其不应辞者，岂官微任轻，进不系时之重而然欤？两府初除，固已受命，特未受告耳。凡降旨日下供职者，皆未受告也。

说 食 经

食无精粝，饥皆适口。故善处贫者，有"晚餐当肉"之语。辉家与宗室通婚姻，常赴其招。家家类留意庖馔，非特调笔应律令，且三字"烂、热、少"。烂则易于咀嚼，热则不失香味，少则俾不属餍而饫后品。辉顷出疆，自过淮，见市肆所售羊边甚大，小者亦度重五六十斤，盖河北羊之胡头，有及百斤者。驿顿早晚供羊甚腆，既苦生硬，且杂以芜荑酱，臭不可近。若用前二说制以饷客，岂不快屠门之嚼哉！王荆公解"美"字从羊、从大，谓羊之大者方美；而东坡亦有"鬋毛胡羊大如马，谁记鹿角腥盘筵"之句；山谷《简何斯举治具待客》亦谓"软烂则宜老人，丰洁则称佳客"。今日蔬食，起权舆之叹，说食经而偶及此。

行　记

　　辉自四十以后，凡有行役，虽数日程，道路倥偬之际，亦有日记。以先人晚苦重听，如斡蛊次叙、旅泊淹速、亲旧安否，书之特详，用代缕缕之问。记向年货田句金不遂，取涂三茅，得新刊山图而归。濡滞良久，殊失倚门之望。因思昔渊才久出，其家日望其归，归止携一布囊，人谓其间必珍货也。后数日会亲戚，启囊，乃欧阳公《新修五代史》藁数帙，李庭珪墨一笏而已。辉用此书于日记后，先人为之一笑。自隆兴癸未至绍熙辛亥恰一世，伏书泫然。

投 献 取 知

　　《王立之诗话》书：张宗古自堂后官守登州，祈雪获应，一判官以诗为贺。宗古曰："玩我。"欲缴进，为人劝止。先人任饶幕，与邵武黄坚叟为代。一日，郡宴鄱江楼，黄作《木兰花词》上别乘，有"监郡风流欢洽"之语，亦贻怒缴申，郡牒问"风流欢洽"实迹，黄历考古今风流欢洽出处，辩答甚苦。尝取吏案以观而得其详。要知投献本求人知，又当视其人如何，庶不返致按剑。特未知宗古所谓"玩我"何说，其亦"锦衾烂兮"之类乎？

池 鱼

　　张无尽尝作一表云："鲁酒薄而邯郸围，城门火而池鱼祸。"上句出《庄子》，下句不知所出，以意推之，当是城门失火，以池水救之，池竭而鱼死也。《广韵》"池"字韵注云："池，水沼也。古有姓池名仲鱼者，城门失火烧死。谚曰：'城门失水，殃及池鱼。'"白乐天诗有"火发城头鱼水里，救火竭池鱼失水"。初不主姓名之说。然《广韵》所载，当有所据。

代　王　言

词头代王言,赏功罚罪,若雷风鼓舞天下,要当采公论载于训词,以昭示惩劝。某除某官,若其人非素所与者,必微寓诋诮于一二字中。审其人不应此除,曷不循缴还之制？顾假命令以快我之好恶,其可乎？

彭　门　会

晁无咎贬玉山也,过彭门。而陈履常废居里中,无咎出小鬟舞《梁州》以佐酒。履常作小阕《木兰花》云:"娉娉袅袅,芍药梢头红样小。舞袖低垂,心到郎边客已知。金尊玉酒,劝我花前千万寿。莫莫休休,白发簪花我自羞!"无咎云:"疑宋开府铁心石肠,及为《梅花赋》,清便艳发,殆不类其为人。履常清通,虽铁心石肠不至于开府,而此词清便艳发,过于《梅花赋》矣。"

下　水　船　词

元丰己未,明略、无咎同登科。明略所游田氏,姝丽也。一日,明略邀无咎晨过田氏。田氏遽起,对鉴理发,且盼且语,草草妆掠,以与客对。无咎以明略故,有意而莫传也,因为《下水船》一阕:"上客骊驹至,鹦唤银屏睡起。困倚妆台,盈盈正解螺髻。凤钗坠,缭绕金盘玉指。巫山一段云委。　　半窥鉴,向我横秋水。斜领花交镜里,淡拂铅华,匆匆自整罗绮。剑眉翠,虽有惜惜密意,空作江边解佩。"顷在上饶,得此说于晁族。无咎跋云:"大观庚寅四月十三日,伯比、季良、无咎集国东之逆旅,话此四事。季良云可书也。"伯比、季良当是群从。风流酝藉,寓诸乐府。虽曰纤丽,不妨游戏于杯酒间。余一说,乃陈袭为钱唐妓周子文作四诗词,洪内相已载在《夷坚庚志》,语皆合。余一未详。

军 帅 起 复

军帅丁忧，诏起复，追服阕，犹以"起复"二字入衔。或晓之，答曰："自抛了娘子，却加得此官，二年未曾迁转。"又一辈衔内必带"宜差"二字，有俾除去，乃云："元被受差札上带下来，怎敢擅除！"一添差酒官不厘务，坚要供职，人亦语之："在法只合闲坐请料钱。"其人言："朝廷令某不离务，趁办课利，岂敢闲坐请他料钱！"三者可补《笑林》之遗。

御 府 折 食 钱

旧制：御厨折食钱凡十一等。第一等，旧折八十余千，绍兴初减半；余递减有差。至第十一等，旧折三十千，亦损其半。然尚宫内人赴景灵宫酌献，却系临安府依格馔造。食味每分白肉胡饼、汤肉粉杂钉、炊作、炒肉、煮菜羹饭、软肉，所破料止羊肉十三两，面五两，绿豆粉二两，米五合，薪炭之属准此。其俭如此。或云乃承平旧制，虽御厨末等折食则例，亦不致是之窘也。

论 帝 姬

建炎初，臣僚论帝姬，或者谓非姓氏之"姬"，乃姬侍之"姬"，此尤不可，岂有至尊之女而下称姬侍乎？若以谓避忌，政和间"主"字乃主簿、主书之"主"，非国主、家主之"主"也。先是主字一切除去，民间有无主之说。又言：姬者，饥也，亦用度不足之谶。乃诏改正。乃政和二年，蔡京三入相时，建请改公主为帝姬，郡主为宗姬，县主为族姬。议者谓周姬犹齐姜、宋子也，是使国女改从周姓，故靖康初悉罢之。

卷十

吏 文 弊 幸

中表张元友谓，理减年赏于浙东盐司，吏以赂不满欲，实封奏状，外封贴黄，以"谓"为"渭"。亟往易之。度其中必不误书，特以此一字见邀。昔州郡按酒官酝造违律，不任沽卖，吏受贿，于"任"字上加一点，遂免责罚。岂刻木辈心传此术，以资弊幸。唐史亦载有书"渍"为"清"者，以是知添改偏傍，有自来矣。

不 置 田 宅

王晋公祜不置田宅，曰："子孙当各念自立，何必田宅？置之，徒使争财为不义耳。"尝以百口保符彦卿无异志，乃植三槐于第中便座，谓其子必有任公台者。文正公，其子也。较以田宅所得，孰为少多？非文正之贤，其能成乃父之志。

春 帖 子

"翰林书待诏请春词，以立春日剪贴于禁中门帐。《皇帝阁》六篇，其一曰：'漠然天造与时新，根著浮流一气均。万物不须雕琢巧，正如恭己布深仁。'《皇后阁》五篇，其一曰：'春衣不用蕙兰薰，领缘无烦刺绣文。曾在蚕宫亲织就，方知缕缕尽辛勤。'《夫人阁》四篇，其一曰：'圣主终朝勤万几，燕居专事养希夷。千门永昼春岑寂，不用车前插柳枝。'"春、端帖子，不特咏景物为观美，欧阳文忠公尝寓规讽其间，苏东坡亦然。司马温公自著《日录》，特书此四诗，盖为玉堂之楷式。自政、宣以后，第形容太平盛事，语言工丽以相夸，殆若唐人宫词

耳。近时杨诚斋廷秀诗,有"玉堂着句转春风,诸老从前亦寓忠。谁
为君王供帖子,丁宁绮语不须工"之句,是亦此意。顷得《玉堂集》,分
为八帙。或云李汉老所编者,亦有《皇太子府春、端帖子》。

唃　厮　啰

康定二年,刘涣奉使入西羌,招纳唃厮啰族部。蕃法,唯僧人所
过不被拘留,资给饮食。涣乃落发僧衣以行。李复圭云耳。煇得《刘
氏西行录》,乃涣所纪,往返系日以书,甚悉,且多篇咏。虽所至必与
蕃僧接,且赖其乡导。既仗使节,辟官属、计事宜、结恩信、称诏锡赍
茶彩,悉用汉官威仪。范蜀公《东斋记》、王圣涂《渑水燕谈》皆及涣出
使事,俱不言祝发。涣字仲章,保塞人。天圣中以奉礼郎上书请彻帘
还政,后为右正言,又随孔道辅论废后事,以工部尚书致仕,元丰元
年卒。

为 文 三 易

"沈隐侯曰:'古儒士为文,当从三易:易见事,一也;易识事,二
也;易读诵,三也。'邢子才曰:'沈侯文章,用事不使人觉,若胸臆语。'
深以此服之。杜工部作诗,类多故实,不似用事者。是皆得作者之
奥。樊宗师为文奥涩不可读,亦自名家。才不逮宗师者,固不可效其
体。刘勰《文心雕龙》论之至矣。"向传《景文笔录》,复得一编名《摘
粹》,四十八事,如辨碑刻及字音三四条,皆互出。前所论文见于《摘
粹》。为文奥涩,公谓才不逮者不可效其体,以是知公所修《唐书》,后
学其可妄议。

三　经　义

章子厚在相位,一日,国子长、贰堂白:"《三经义》已镂板放行,王
荆公《字说》亦合放行,合取相公钧旨。"子厚曰:"某所不晓,此事请白

右丞。"右丞，蔡元度也。

捍　海　堰

熬波之利，特盛于淮东，海陵复居其最。绍兴间，岁支盐三十余万席，为钱六七百万缗，于以佐国用，其利博矣。自增置真州一仓，遂稍损旧数。捍海置堰，肇自李唐。国朝范文正公稍移其址，叠石外固，厥后刓缺不常，随即补治。淳熙改元，复圮于潮汐。时待制张公子_正守郡，益加板筑，不计工费，唯取坚实。官资不足，阴以私帑益之，迄今是赖。侍御史李粹伯_{处全}记其成。辉是年适在乡里，乃得其实。_{盐席、钱缗之数见《吴陵志》。}

东　坡　僦　宅

东坡云：昔僦宅于眉，一日，二婢熨帛，足陷于地。视之，深数尺，有大瓮，覆以乌木板。先夫人亟命以土塞之。人谓其下有宿藏物欲出也。其后坡居于岐，欲发地求藏丹，崇德君曰："使先姑在，必不发也。"乃止。唐李景逊为浙西观察使，母郑早寡，家贫子幼，居东都。因古墙坏，得钱盈船。郑乃炷香祝之曰："吾闻无劳而获者，身之灾也。天必以先君余庆矜其贫而赐之，则愿诸孤它日学问有成，乃其志也。此不敢取。"命掩而筑之。二事实相似，非智识贤明岂能及此？然郑爱幼子景庄，每被黜于场屋，母辄挞景逊。景逊终以朝廷取士自有公道，不肯私嘱主司。以是论之，郑母似有损于贤明。

张　思　齐　诗

无锡乡士张公尚，字思齐，三舍时为名进士，蹭蹬至绍兴戊辰，始预特奏名试。待廷对间，梦人语之："官人往和州请衣。"既觉，叵测。有解之：和州请衣，必是食禄之地。张自念脱或侥幸，亦未应衣赐。及唱名，在末等，补和州助教。始悟衣者医也，为助教设。人劝纳敕为后图,张曰:"神告之矣。"乃拜命。因赋四十字以自况:"老未脱场屋,搜才无寸长。九重虽射策,一命不为郎。尚喜衫仍绿,仍怜牒是黄。活人何不可,政自有良方!"竟不沾禄而卒。平日诗文皆脍炙人口,求诸乡人而未获。先人所著《松峦志》亦著此事,首句云:"不信儒冠误,蹉跎鬓已苍。"若夫梦兆,则煇近方得之,故今重出,不特补志之遗,抑亦正诗之误。

不 事 佛 果

吴长文不喜释氏,父卒,不召僧营佛果,闾巷常与父往还者,各赠二缣。韩魏公谓事亲之际为尤难。建安刘同知居留建康,薨于官,遗戒不事梵呗,其家恪遵治命。兴化陈丞相当属纩之际,亦以手笔示其子,谓追修无益于逝者。岂二公自信平生践履,必可升济,初不假荐助冥福,抑矫世俗溺信浮屠氏之说欤?长文名奎,尝参机政于熙宁。

县 尉

古治百里之邑,令拊其俗,尉督其奸。故令曰"明府",尉曰"少府"。唐之名臣,繇尉超迁驯至公卿者,不可以数计。虽陆贽、牛僧孺、裴度、颜真卿、李绛,皆此涂出。今铨法以处试吏者,腰弓捻箭,从事鞍马,巡警阡陌,饯迎贵宦,敛板揖于路左,类以粗官目之。"判司簿尉不可说,未免棰楚尘埃间",不特兴叹于昌黎公。

雪 醅

酝法言人人殊,故色香味亦不等,醇厚、清劲,复系人之嗜好。泰州雪醅著名,惟旧盖用州治客次井蟹黄水,蟹黄不堪他用,止可供酿。绍兴间,有呼匠辈至都下,用西湖水酿成,颇不逮。有诘之者,云蟹黄水重,西湖水轻,尝较以权衡得之。煇向还乡郡,饮所谓雪醅,亦未见超胜。岂秫米日损、水泉日增而致然耶?抑酝法久失其传?大抵今号兵厨,皆有此弊,不但泰之雪醅也。

论　蛇　虺

韩魏公妻弟崔公孺,持论甚正,公喜与之语。偶泛及差除,公孺忽曰:"豺狼、虎豹、蛇虺,天乃屏置于山林深僻之地者,盖恐为人之害也。今监司、郡守,一失选抡,置在要路,其为民害,得不甚于豺狼、虎豹、蛇虺乎?"公默然。凡今庙堂进拟符节次,得不鉴公孺之论而益精其选。

路　岩　报　应

唐路岩为相,密奏:"应臣下有罪赐死,皆令使者剔取结喉三寸以进,验其实。"至是赐岩死,乃自罹其酷。行刑之处,乃杨收死所,盖收为岩所陷者。

春　　州

本朝卢公多逊贬朱崖,李符知开封府,言于赵韩王曰:"朱崖虽在海外,而水土无他恶,贬者多生全。春州在内地而近,至者必毙。望追改前命,亦外示宽贷,乃置于必死之地。"赵额之。月余,符坐事贬宣州行军司马,上怒未已,令再贬岭外。赵具述其事,即以符知春州。到郡月余而卒。天道好还,其速如是。吏传不载,似此不一,姑举二者以为世戒。

客　舍　留　题

邮亭客舍,当午炊暮宿,弛担小留次,观壁间题字,或得亲旧姓字,写涂路艰辛之状,篇什有可采者。其笔画柔弱,语言哀怨,皆好事者戏为妇人女子之作。顷于常山道上得一诗:"迢递投前店,飕飕守破窗。一灯明复暗，顾影不成双。"后书"女郎张惠卿"。迨回程，和已满壁。衢、信间驿名彡溪，谓其水作三道来，作"彡"字形。鲍娘有诗云："溪驿旧名彡，烟光满翠岚。须知今夜好，宿处是江南。"后蒋颖叔和之云："尽日行荒径，全家出瘴岚。鲍娘诗句好，今夜宿江南。"颖叔岂固欲和妇人女子之诗，特北归读此句，有当于心，戏次其韵以志喜耳。辉顷随侍赴官上饶，舟行至钓台，敬谒祠下，诗板留题，莫知其数。刘武僖自柯山赴召，亦记岁月于仰高亭上，末云"侍儿意真代书"。后有人题云："一入侯门海样深，谩留名字恼行人。夜来仿佛高唐梦，犹恐行云意未真。"

待　遇　僚　属

近年上官遇僚属曰益简倨，纵有从厚者，皆以失体之名归之。顷黄徽猷崇书为漕江东，尝对客言："公厅上论职事，或未免厉辞色；若杯酒间，讵可无和气以相接？晚会彻俎，有应循廊者，岂有竟夕相陪，笑语从容，昏夜使其偕执侍者仆仆疾趋者乎？当悉俾就席次登车。"且云："是亦前辈故事也。"后得一小说：韩黄门持国典藩，觞客，早食则凛然谭经史节义及政事设施；晚集则命妓劝饮，尽欢而罢。虽簿尉小官，悉令登车上马而去。黄所及前辈故事，其谓是耶。

黄　巢　姬　妾

唐中和四年，时溥献黄巢及家人首并姬妾，僖宗御大元楼受之。宣问姬妾："汝曹皆勋贵子女，世受国恩，何为从贼？"其居首者对曰："狂贼凶逆，国家以百万之众，失守宗祧，播迁巴蜀。今陛下以不能拒贼责一女子，置公卿将帅于何地乎？"僖宗不复问，皆戮于市。人争与之酒，其余俱悲恸昏醉，居首者独不饮不泣，至于就刑，神色肃然。刘更生传《列女》八篇，俱著姓氏，唐史《列女传》亦然，而独遗此。若非司马温公特书于《通鉴》中，则视死如归、应对不屈之节，卒泯泯而不传。惜不得其姓氏。

王 绪 军 法

时又有大将王绪，令军中无得以老弱自随，犯者斩。王潮兄弟独扶其母，绪责之曰："军皆有法，未有无法之军。汝违吾令而不诛，是无法也。"三子曰："人皆有母，未有无母之人。将军奈何使人弃其母！"绪怒，命斩其母。三子曰："潮等事母如事将军，既杀其母，请先母死。"将士皆为之请，乃舍之，亦以其辞正也。或免或不免，系于一时。未几，绪为潮所擒。

柳 氏 家 诫

唐柳氏自公绰以来，世以孝悌礼法为士大夫所宗。玭常戒其子弟曰："凡门地高，可畏，不可恃也。立身行己，一事有失，则得罪重于他人，无以见先人于地下，此其所以可畏也。门高则骄心易生，族盛则为人所嫉，懿行实才，人未之信，小有疵颣，众皆指之，此其所以不可恃也。"故膏粱子弟，学宜加勤，行宜加俭，仅得比众人耳。古今家诫，深切著明，孰逾于此！盖有镂板以晓于世者，所谓子弟千百中曷有一二顾省者，听之藐藐，则皆是也。姑识此以示儿辈。

宅　凶

"人凶非宅凶"，古有是语。然空闲之庐，久无人迹，亦有可疑者。顷僦数椽苃舍于无锡，其屋虽多变怪，初不以为异。一夕，忽火发于庖屋，烟垄而焰不起，亟升以扑灭，于茅茨下得尺许通红炭。翌旦再视其处，了无烧痕。盖此旧为神祠，初不知也。遂迁他所。后其屋卒归煨烬。僦居去留固轻，若创建第宅，趣于落成，岁月方隅，或犯所禁，且不忖分量唯务壮丽，不旋踵自速其衅者多矣。"为宰相府颇隘，为奉礼、太祝之居则有余"，先哲所见乃如此。

曾鲁公更名

绍兴初,先人为丹徒簿。曾鲁公丞相时簿领金坛,为僚意好甚笃。后曾待浙西帅干阙,权嘉禾新塍税,复相邂逅。一日,语先人:"连夕梦有俾更名,云名更方贵。"曾元名偶有所避,改后名,盖三十年前已形于梦兆矣。自此参大政,再登宰席,一时僚旧无在者,深有推挽意。而先人故倦游,但欲庙令以俟老。平生往返书尺,束如牛腰,散失殆尽,独余许祠禄一帖。曾素善饮,每醉则命彻俎拭案。语客曰:"请卓子吃一服感应元。"复各举一大白方散。煇幼即接侍,风味高胜,晋宋间人也。

虏程迂回

至和三年,刘原父敞使契丹,檀州守李翰劳其行役。刘云:"跋涉不辞,但山路迂曲,自过长兴,却西北行,六程到柳河,方稍南行。"意甚不快。又云:"闻有直路,自松亭关往中京,才十余程,自柳河才二百余里。"翰笑曰:"尽如所示。"乃初踏逐修馆舍已定,至今迂曲。后范中济子奇出使,虏道使者由迂路以示广远。范诘之曰:"抵云中有直道,旬日可至,何乃出此耶?"虏情得,嘿然。缘二公素精地理学,故毋得而欺。煇出疆,过白沟,日行六七十里若百余里,穷日力方到。或问:"今日之程行远?"答曰:"此中宿食顿,地里远近初不定。"盖亦取夫馆舍之便。

赐章服

嘉祐赦,敕服绿莅事十五年改绯。光禄卿王端建议:"公卿子弟褓褓得官,未尝从事,而锡命与年劳者等,何以示劝?请以莅事日为始。"遂著为令,时以为当。推此类而言,亦有合举行者。

黎洞白巾

广南黎洞，非亲丧亦顶白巾，妇人以白布巾缠头。家有祀事，即以青叶标门禁往来。人皆文身，男女同浴。故曰："冒白乡风旧，标青社酒醋。文身老及幼，川浴女同男。"近有族人自海外归，询之，曰："然。"

梅 苑

绍兴庚辰，在江东得蜀人黄大舆《梅苑》四百余阕，辉续以百余阕。复谓昔人谱竹及牡丹、芍药之属，皆有成咏，何独于梅阙之？乃采掇晋、宋暨国朝骚人才士凡为梅赋者，第而录之，成三十卷。谋于东州王锡老："词以苑名矣，诗以史目，可乎？"王曰："近时安定王德麟诗云：'自古无人作花史，官梅须向纪中书。'盖已命之矣。"辉复考少陵诗史，专赋梅才二篇，因他泛及者固多。取专赋，略泛及，则所得甚鲜；若并取之，又有疑焉。叩于汝阴李遏年，李曰："诗史犹国史也，《春秋》之法，褒贬于一字，则少陵一联一语及梅，正《春秋》法也。如'巡檐索笑'、'满枝断肠'、'健步移远梅'之句，至今宗之以为故事，其可遏遗？非少陵，则取专赋可也。"后在上饶，《梅苑》为汤平甫借去。汤时以寓客假居王显道侍郎宅，不戒于火，厦屋百间一夕煨烬，尚何有于《梅苑》哉！《梅史》随亦散佚，虽尝补亡，而非元本。岁当花开时，未尝不哦其诗，歌其曲，神交扬州法曹、西湖处士，怀旧编而诉遗恨焉。

祸 延 过 客

群赴郡宴，甲年少，勇于见色，甫就席，乙以服辞，乃命彻乐。劝酬次，甲尤乙曰："败一席之欢，尔也。真所谓'不自殒灭，祸延过客'也！"宾主为之烘堂。五十年前，服亲丧，终制不觞客，人亦不敢招致。

亲旧欲相款，必就寺观具素馔，仍不置酒。时谓当然，不以为异。

烽　火

沿江烽火台，每日平安，即于发更时举火一把；每夜平安，即于次日平明举烟一把。缓急、盗贼，不拘时候，日则举烟，夜则举火，各三把。绍兴初，江东安抚大使李光所请。辉生长江南，足不涉极边，初未识所谓烽火者。但读陆务观放翁记《游梁观塞上传烽》诗："月黑望愈明，雨急灭复见。初疑云罅星，又似山际电。"亦可想像得仿佛云。

卷十一

郊坛瑞应

"龙图阁直学士、提举醴泉观、兼侍读、编修《国朝会要》、详定《九域图志》、编类御笔、礼制局详议官蔡攸奏：臣伏奉圣恩，差冬祀大礼升辂执绥。十一月五日，陛下御玉辂，自太庙出南薰门，至玉津园，伏蒙宣谕臣曰：'玉津园东楼殿重复，是何处？'臣奏以城外无楼殿，恐是斋宫。陛下曰：'此去斋宫尚远，可回顾。'见云间楼台殿阁，隐隐数重。既而审视，其楼殿去地数十丈，即知非斋宫。俄顷，陛下又谓臣曰：'见人物否？'臣即见有道流、童子，持幢幡节盖，相继而出云间。人渐众，约千余人，皆长丈余。有辂车舆辇，多青色，驾者不类马，状若龙虎。及辇后有执大枝花数十相继，云间日色穿透，所见分明，衣服眉目，历历可识。人皆戴冠，或有类今道士冠而稍大者，或若童子状，皆衣青、紫、黄、绿、红，或淡黄、杏黄、浅碧，望之衣上或有绘绣。或秉简，或持羽扇，前后仪卫益众，约数千许人。回旋于东方稍南，人物异常，旌旗飞翻飘转，所持幢节高数丈，非人世所睹。移刻，或见或隐，又顷乃隐不见。此盖陛下恪祇祀事，追述三代，作新礼器，上体天道，秉执元圭，斋服盛明，严恭寅畏，天意感昭，神明降格，示现如此。伏望宣付史馆，播告天下。"太师蔡京等奏乞率百僚，称庆明庭。奉御笔依奏。继降诏曰："朕嗣承丕基，夙夜祇若，惟道是宪，惟上帝是承。涓选休辰，恭修祀事，备物尽志，咸秩无文。荷帝傅临，如在其上。旌旗辇辂、冠服仪仗见于云际，万众咸睹。惟天人之感通，有形声之相接。灵承对越，敢不祇钦！可以其日为天应节，用端命于上帝，以昭答于神休。咨尔万邦，其体至意！"时政和三年也。辉自省事，即见丈人行谈此事，颇略，兹得其详，因书以示欲知者。先人云，所书亦有润色，在当时已多有议之者。岂亦出神道设教乎。

太　素　脉

　　辉尝见父友许志康宣论太素脉，谓可卜人之休咎。因及治平中京师医僧智缘为王荆公诊脉，言当有子登科甲之喜。时王禹玉在坐，深不然之。明年，雱果登第。缘自矜语验，诣公乞文以为宠。公为书曰："妙应大师智缘，诊父之脉，而知其子有成名之喜。翰林王承旨疑古无此，缘曰：'昔秦医和诊晋侯之脉，知其良臣将死。夫良臣之命，尚于晋侯脉息见之；因父知子，又何怪乎？'"所书大略如此。许云："此非荆公之文，特其徒假公重名矜炫，以售其术尔。"智缘尝从王韶经理洮河边事，亦尝召对诊御脉，命以官，不就。

　　徽宗尝命米芾以两韵诗草书御屏，次韵乃押"中"字，行笔自上至下，其直如线。上称赏曰："名下无虚士。"芾即取所用砚入怀，墨汁淋漓，奏曰："砚经臣下用，不敢复进御，臣敢拜赐。"又一日，米回人书，亲旧有密于窗隙窥其写至"芾再拜"，即放笔于案，整襟端下两拜。

为　学　三　多

　　为学三多，士皆知其说。孙公莘老请益于欧阳公，公曰："此无他，唯勤读书而多为之自工。世人患作文字少，又懒读书，每一书出，必求过人，如此少有至者。疵病不必待人指摘，多作自见之。"孙书于座右。

郑顾道除夕诗

　　郑顾道侍郎居上饶，享高寿，辉不及识也。尝见其《除夕》小诗亲笔："可是今年老也无？儿孙次第饮屠苏。一门骨肉知多少，日出高时到老夫。"胡德辉《苍梧志》云：或问酴酥事于鲍钦止，鲍曰："平屋谓之酴酥，若今幕次之类，往往取其少长均平之义。"

东 坡 亲 书

番江寓客赵叔简编修,宣和故家。家藏东坡亲书历数纸,盖坡为郡日,当直司日生公事,必著于历,当晚勾消。唯其事无停滞,故居多暇日,可从诗酒之适。"欲将公事湖中了,见说官闲事亦无",乃秦少章所投坡诗,盖状其实。

常 产

辉顷侍巨公,语及常产,公云:"人生不可无田,有则仕宦出处自如,可以行志;不仕则仰事俯育,粗了伏腊,不致丧失气节。有田方为福,盖福字从田、从衣。"虽得此说,三十年竟无尺土归耕,老而衣食不足。福基浅薄,不亦宜乎!

缴 私 书

舒亶知谏院,言:"中书检正张商英与臣手简,并以其婿王沇之所业示臣。商英官居宰属,而臣职在言路,事涉干请,不敢隐默。其商英手简二纸并沇之所业一册,今缴进。"诏商英落馆阁校勘,监江宁酒。初,舒为县尉,坐手杀人停废。无尽为御史,言其才可用,乃得改官。至是乃尔,士论恶之。同时吕吉甫,亦缴王荆公私书。弯弓成俗,亦何足多怪。

府 治 回 禄

元祐间,宝文阁直学士、中大夫李文纯知开封府,廨宇遗火,降左中散大夫。近岁临安府治偶失所戒,守臣自列,贬秩,免所居官。其亦用此故事耶。

蟾　芝

政和二年,待制李谳进蟾芝,上曰:"蟾,动物也,安得生芝!闻大相国寺市中多有鬻此者,为玩物耳。谳从臣,何敢附会如此!"命以盆水渍之,一夕而解,竹钉故楮皆见。于是责谳以罔上,安置焉。又己亥冬,祀南郊,方登坛,乐作,使人推数小车,载火出于远林。左右争献言为异,指点哄然。大司乐田为押登坛歌,坛上大呼曰:"田为先见!"而上亦不责也。时所谓祥瑞,亦有类此者。而蔡絛尚有"山产码磠水晶,地布醴泉芝草",夸大其父相业。父子之罪通天,亦何辱书。

乐　语

蔡忠怀持正,初任邠州理掾,属韩康公宣抚陕西,喜其所撰乐语全用韩氏事,荐之。康公弟持国尹开封,辟主左厢公事。后尹刘公庠责蔡庭参,蔡曰:"此礼起于藩镇辟除掾属。辇毂之下,比肩事主,虽有故事,亦不可用。"刘不能屈。神宗闻而嘉之,刘乃补外。忠怀为小官,所守如此。今州县吏见长官,典谒以例告,违背礼制者多矣。一说:神宗既嘉确之不屈,他日台官阙,执政奏除官,上曰:"只用不肯阶墀见开封尹者。"遂除确监察御史。

善 能 出 身

绍兴十一年,程克俊进呈,乞以贡院所考合格宗室善能,特令附正奏名殿试,以示劝奖。从之。高宗曰:"天族之贵,溺于燕安,往往自陷非法。若以邦典绳之,则非所以示叙睦之恩;置而不问,又无以立国家之法。唯择其好学从善者,稍加崇厉,以风厉其余,是亦教化之术也。"宗室取应赐出身自此始。善能居无锡惠山,与辉居为邻,其后三、四任州县,以选调终。

台　评

苏丞相子容，因台评去位。时左司谏虞策言："苏颂罢相，臣备言职，朝廷进退宰相，宜有论列。而臣窃自念颂于元丰年曾荐举臣，在臣之心，诚恐近薄，有犯风谊，以此不敢入文字。臣之尸职，无所逃诛"云云。议者谓奏疏自列，略无隐情，当是时风俗忠厚顾如此。《夷坚庚志》书谢诚甫祖信任南床日，论赵忠简公不遗余力，而谢为赵之上客。岂逼于言责，不暇顾私恩，所见与虞异矣。

书 札 过 情

大父有手札药方，乃用旧门状纸为策襻。见元祐间虽僧道谒刺，亦大书"谨祗候起居某官，伏听处分"，或云"谨状"，官称略不过呼。绍兴初，士大夫犹有以手状通名，止用小竹纸亲书，往还多以书简，莫非亲笔。小官于上位亦然。自行札子，礼虽至矣，情则反疏。司马温公尝言："与贵官书简，有采纸数过三，皆不谨。"又云："居处随用所出纸札，未尝他求。"所书止一二幅，世多石本，可见也。欧阳公《与梅圣俞书》亦有"日夕匆匆，非答书简、写门刺，未尝亲笔砚"之语。

九 僧 诗

欧阳文忠公《诗话》："国朝浮图，以诗名世者九人，故时有集号《九僧诗》。今不复传矣。余少时闻人多称其一曰惠崇，余八人忘其名。"辉昔传《九僧诗》：剑南希昼、金华保暹、南越文兆、天台行肇、沃州简长、青城惟凤、江东宇昭、峨眉怀古，并淮南惠崇，其名也。九僧诗极不多，有景德五年直史馆张亢所著序，引如崇《到长安》"人游曲江少，草入未央深"之句，皆不载，以是疑为节本。崇非但能诗，画亦有名，世谓惠崇小景者是也。"画史纷纷何足数，惠崇晚出吾最许"，荆公诗云耳。

属　笔

数十年前，僚属有能文者，监司、郡守委作笺记，遇有所嘱，必亲作简致叩。教官被公牒撰应用文字，亦亲署名封达。近时此礼俱废，但书司作承受传导公牒，则若常程行移，至有"牒请照会，不请有违"之语。上官体貌益崇，学士大夫浸失自重。此其一也。绍兴间，先人官镇江时，录参王敏功告殂，帅守李茂嘉宝文，率僚属往其廨哭之。近年岂复有此气象。

昭达纵龟

舍弟昭达，淳熙壬寅丞长洲。沿檄往海盐，回程次吴江，见岸旁渔舟取龟板，用铦刀剜其肉，最为残酷。小人牟利，忍于物命，不恤也。询之，一枚才直一二钱。恻然动心，以一千得大小五百六十余枚，贮于竹箩，度去渔舟差远，以数枚置于版。舟行，旋取旋放，盖恐仆隶辈用力抛掷，或堕泪洳中，反伤其生。半日方竟事。到家，其妇唐迎谓曰："昨梦甲士数百人入门，云荷官人见宥，各声喏而去，殊不可晓。"初不知曾纵龟也。告以故，相与叹息。自尔，凡遇鳞介鲜活者，常取以善价，俾相忘于江湖，迄今毋怠。

道　昌　相

无锡乡僧道昌，蚤岁周游诸方，在庐山云居，因与人斗殴，损左目。值同袍授以相术，久乃得出蓝之誉。旋至都下，出入贵人之门，语多奇中。族叔枢密方官正字，昌一日语之："旦夕当权法从。"时当国者深忌先传除目，力止之，且云："勿为我累。"又言最下馆职，无摄禁近之理。昌执益坚，且刻只在今日。方付一笑间，兼权中书舍人命下。叔祖侍郎婺倅满秩造朝，未暇干堂，且归嘉禾。忽得召命，叵测。入国门，昌曰："通判必任言责。"亦痛诋其妄。来日入对，方知为副端汤致远荐。对毕，还寓舍，昌先在焉，理前语曰："党或不然，则相书不可用也。"语未既，报除察官。先人罢饶幕，有以救局荐者。议已定，拘亲嫌，改乞江东干官。往叩昌，昌曰："必无成，后三四年方得之。"札子上，而所主执政报罢。后三年，竟得江东漕干。有孙愿者，赴部乞磨勘，已放散矣。昌曰："以目下气色观之，非但改官参差，且恐折本。"孙大怒，欲治之。伺引见间，部吏有所邀，不从。乃摘曾过房，后归宗，在法合追所授恩泽。有为道地者，与补初等官。继从孙道夫少从之辟，竟失志而卒。前三说皆亲见之，孙又先人交承也。昌后莫知所往。

瑞 鹤 仙

"樱桃抄乳酪。正雨厌肥梅，风饫吹籥。咸瞻格天阁。见十眉环侍，争鸣弦索。茶瓯试瀹。更良夜、沉沉细酌。问间生、此日为谁？曾向玉皇、案前持橐。　　龟鹤。从他祝寿，未比当年，阴功堪托。天应不错，教公议，细评泊。自和戎以来，谋国多少，萧曹卫霍。奈胡儿自若，唯守绍兴旧约。"闽士朱耆寿，字国箕，为秦伯和侍郎寿。朱久游上庠，博洽能文，一时诸公皆知之。以累举得官，监临安赤山酒。年八十余而终。

郑 侠 封 事二说

监安上门光州司理参军郑侠，上疏言："去年大蝗，秋冬亢旱，今春不雨，麦苗干枯，黍粟麻豆，皆不及种。五谷踊贵，民情忧惶，十九惧死，逃移南北，困苦道涂。方春斩伐，竭泽而渔。大营官钱，小营升米。草木鱼鳖，亦莫生遂。夷狄轻肆，敢侮军国，皆由中外之臣，辅佐陛下不以道，以至于此。臣愿陛下开仓廪、赈贫乏，有司掊敛不道之政，一切罢去。庶几早召和气，上应天心，以延天下苍生垂死之命。君臣际会，贵乎知心。以臣之愚，深知陛下爱养民庶如赤子，故自即位以来，一有利民便物之事，无不毅然主张行之。陛下之心，亦愿人人寿富，而中外之臣，略不推明陛下此心，乃恣其叨愦，剽割生民，侵肌及骨,使之困苦而不聊生。夫陛下所存如彼,群臣所为如此,台谏之臣,默默具位而不敢言事,至于规避百为,不敢居是职事。凡百执事,又皆贪猥近利,使怀道抱职之士皆不欲与之言,不识时然耶,陛下有以使之然耶? 臣又见南征西伐,皆以其胜捷之势、山川之形为图而来;无一人以天下忧苦,货妻卖女,父子不保,迁移逃走,困踬于蓝缕,拆屋伐桑,争货于市,输官籴粟,遑遑不给之状为图而献。臣谨以安上门日所见,绘为一图,百不及一,已可咨嗟涕泣,而况于千万里之外哉! 谨随状呈奏。如陛下观臣之图,行臣之言,自今以往,至于十日不雨,乞斩臣于宣德门外,以正欺君谩天之罪。如少有所济,亦乞正臣越分言事之刑。”初不得即达,乃作边檄,夜传入禁中。时永洛失律,上方西顾,檄至不敢遏,秉烛启封,见图画饥民累累然,莫测,继知为谏疏,乃诏郑侠勒停,编管汀州。视当时诸公所上封事,虽最切直,或谓凡人论天下利害,所贵即悟主意罢行之;若语言太讦,使人主有不能堪,而自取谴斥,亦何补于事! 汉元帝欲御楼船,薛广德谏从桥,曰:“陛下不听臣,臣自刎,以血污车轮,陛下不得入庙矣!”元帝不悦。先驱张猛进曰:“乘船危,就桥安。圣主不乘危。”元帝曰:“晓人不当如是耶?”以是知谏有取于讽也。侠字介夫,福州人。书既上,或谓中有主之者,故兴诏狱。侠改徙英州,辞连冯京、王尧臣、丁讽等。亦及责王安国,除毁,放归田里。皆缘吕惠卿与安国兄有隙,故入其罪。熙宁十年手诏:“英州编管人郑侠,元犯无上不道,情至悖逆,贷与之生,已为大惠,可永不量移。”以有司用赦,应量移鄂州故也。于是刑房官吏皆被责罚。

　　又一说,上览侠书,遂诏学士承旨韩维、知开封府孙永体量免行钱,三司使曾布体量市易,又发常平仓及放商税,而青苗、免役亦权罢,催。凡一十八事。继下诏曰:“朕于致治,政失厥中,自冬迄春,愆阳为沴。四海之内,被灾者广。意朕之听纳不得于理欤? 狱讼非其情,赋敛失其节,忠谋谠言郁于上闻,而阿谀壅蔽以成其私者众欤? 中外臣僚,直言阙政。”诏文,维所草也。初,司马光自判西京留台以归,绝口不论时事。至是,读诏泣下,乃复陈六事:一、青苗;二、免役;三、市易;四、边事;五、保甲;六、水利云。

卷十二

上 饶 古 冢

先人罢信幕，暂寓法曹廨房，室间忽地陷尺许，微露棺和，亟迁避他宇。扣于州之耆旧，皆言下乃古冢，素多影响。向有法曹黄姓者，具牲酒，自占数语祭之。方图择高爽地以改卜，是夕梦一伟丈夫来致谢，且云："陵谷变迁何常，业久处此，望相安存。"辉因思自谢惠连祭冥漠君之后，多仿其体。曾文昭子开亦有《瘗瓦棺文》，上饶寓公尹少稷谏议常称高妙可配东坡《徐州祭枯骨》之作："元祐七年正月，南京浚南湖，得瓦棺五，长者才三尺余，阔不逾尺，厚不及寸。瓦有从文，初若坚致，触之皆坏。留守曾肇既往视之，命迁瘗于湖之东南若干步高阜之地，祭以酒果。按《礼》：有虞氏瓦棺，夏后氏堲周，商人棺椁，周人墙置翣。周人以商人之棺椁葬长殇，以夏后之堲周葬中殇、下殇，以有虞氏之瓦棺葬无服之殇。此棺其葬殇者欤？乃吊之曰：虞耶夏耶？商、周之人耶？势耶富耶？抑贱而贫耶？生于何乡几晦朔，瘗于此地几春秋耶？夭寿归于共尽，老聃、彭祖与子其均耶？瓦为藏而水为宅，岂不复子之真耶？改卜高原，既深且固，于子为戚，抑为欣耶？有知也耶？无知也耶？尚有知也，其肯舍故而从新耶？"亦载在《曲阜集》。

朱 墨 本

淳化五年，翰林学士，张洎献重修《太祖纪》一卷，以朱墨杂书，凡躬承圣问，及史官采摭事，即以朱别之。神宗正史，类因诋诬而非实录，厥后删改，亦有朱墨本传于世，其用淳化故事欤？

司 马 田 宅

邵康节居洛阳,宅契,司马温公户名;园契,富郑公户名;庄契,王郎中户名。若使今人为之,得不贻寄户免科调之讥乎? 或谓田宅乃三公所予者,特未知王之名,当亦是元祐间人。

职 名 三 等

贴职初止有集贤殿修撰、直龙图阁、秘阁三等耳,政和间,诏谓天下人才富盛,赴功趋事者众,官职寡少,不足褒延多士,乃增置集英、右文、秘阁修撰三等,龙图至秘阁凡六等,仍入杂压。自昔直秘阁,例过称龙图,盖直阁之名,旧才有二,集英即集贤也。

饲 饥 虎

端拱二年,河南府言:前郓州刺史穆彦璋,以爱子死,不愿生,挺身入山林饲饿虎。异哉! 丧明尤天,古虽有之,此则世未尝有也。见《太宗实录》。

张 守 性

顷年,朝廷遣使投龙于茅山燕洞,石门自开,广二尺余,得古铜钱百余,及金、银环各一。按《茅山记》:梁普通中,晋陵女子钱妙真,年十九,辞亲学道,诵《黄庭》七言。积四十年道成,佩白练入洞,洞门自启。至是再开。煇母舅张守性,弃从事郎为黄冠,受业茅山崇禧观,师号寻真见素。时山中有高道刘蓑衣,喜其朴茂,常留在左右,因有所得。一向佯狂,尝导煇游燕洞,且俾穷探。以其语素不伦,谢之。仍说:近入至里,见仙人对弈,以新莲相啖。方徘徊次,忽念恐知宫相寻,不觉身从后户出。知宫,其师也。后十余年,以度牒寄其姊家,飘荡至今,不知踪迹。先人以其终日浪走,若有所营,因即其师号,戏易曰"寻魂见鬼",亲旧传以为笑。是乃五十年前事,一时人凋零殆尽,独煇知之,并识于此。

胆 水 胆 土

信州铅山,胆水自山下注,势若瀑布,用以浸铜,铸冶是赖。虽干溢系夫旱涝,大抵盛于春夏,微于秋冬。古传一人至水滨,遗匙钥,翌旦得之,已成铜矣。近年水流断续,浸铜颇费日力。凡古坑,有水处曰胆水,无水处曰胆土。胆水浸铜,工省利多;胆土煎铜,工费利薄。水有尽,土无穷。今上林三官,提封九路,检踏无遗,胆水、胆土,其亦兼收其利。

张 怀 素

张怀素,舒州人,自号落魄野人。崇宁元年入京师,至大观元年事败,牵引士类,一时以轻重定罪者甚众。吕吉甫、蔡元度亦因是责降。蔡尝语陈莹中:"怀素道术通神,虽蜚禽走兽能呼遣之。"至言:"孔子诛少正卯,彼尝谏以为太早。汉、楚成皋相持,彼屡登高观战。不知其几岁,殆非世间人也。"自古方士,怪诞固多有之,未有如此大言者。士大夫何信之笃、惑之深耶?后又有妇人虞,号仙姑,年八十余,有少女色,能行大洞法。徽宗一日诏虞诣蔡京,京饭之。虞见一大猫,拊其背语京曰:"识此否?乃章惇也。"京即诋其怪而无理。翌日,京对,上曰:"已见虞姑邪?猫儿事极可骇。"《熙宁实录》亦载赐蔡州尼惠普号广慈昭觉大师。惠普有妖术,朝士多问以祸福,富郑公亦惑其说。

火 葬

浙右水乡风俗:人死,虽富有力者,不办蕞尔之土以安厝,亦致焚如。僧寺利有所得，凿方尺之池，积涔蹄之水，以浸枯骨。男女骸骼，淆杂无辨。旋即填塞不能容，深夜乃取出，畚贮散弃荒野外。人家不悟，逢节序仍裹饭设奠于池边，实为酸楚，而官府初无禁约也。范忠宣公帅太原，河东地狭，民惜地不葬其亲，公俾僚属收无主烬骨，别男女，异穴以葬；又檄诸郡效此，不以数万计。仍自作记，凡数百言，曲折致意，规变薄俗。时元祐六年也。淳熙间，臣僚亦尝建议：柩寄僧寺岁久无主者，官为掩瘞。行之不力，今柩寄僧寺者固自若也。

牂柯

至道元年，西南牂柯诸蛮贡方物。牂柯在宜州之西，累世不朝贡，至是始通。上问其吏宠光进地里风俗，译代对曰："去宜州陆行四十五日，土宜五谷，人多食粳稻，持木弩于林木间射麂鹿。每三二百户为一州，州有长。杀人者不死，以其家财为赎。王居有城郭，官府无壁垒，止短垣而已。"因遣令作本国歌舞，一人捧瓢笙而吹，如蚊蚋声。须臾，数十辈连袂宛转，以足顿地为节。上笑令罢。牂柯使十数辈，从者百余人，皆蓬发鬃面，状如猿猱。使者衣虎皮毡裘，以虎尾加于首为上饰，他悉类此。辉顷从使节出疆，抵燕，与渤海使先后入见。当少须，于次际见其过前，服饰诡异，殆不可名状。皆忍笑不禁，虽房人在傍，亦失声而笑。是诚可笑也。

行虫飞虫

元丰六年冬祀，中书舍人朱服导驾，既进辇，忘设宸褥。遽取未至，上觉之，乃指顾问他事。少选褥至，乃登辇，以故官吏无被罪者。又一日，群臣方奏事垂拱殿见御衣有虫自襟沿至御巾，上既拂之至地，视之乃行虫，其虫善入人耳。上亟曰："此飞虫也。"盖虑治及执侍者。圣德宽大如此。

拦 滩 网

江上取鱼，用拦滩网，日可俯拾。滨江人家得鱼，留数日，俟稍败方烹。或谓："何不击鲜？"云："鲜则必腥。"海上有逐臭之夫，于此益信。兹谓神奇化臭腐。又见故老言：承平时，淮甸虾米用席裹入京，色皆枯黑，无味，以便溺浸一宿，水洗去，则红润如新。又岁久佩香，以虎子覆一夕，芬馥仍旧。兹谓臭腐化神奇。或云无是理，答曰："药物中秋石何自而出？"

王 荆 公 墓

王荆公墓在建康蒋山东三里，与其子雱分昭穆而葬。绍圣初，复用元丰旧人，起吕吉甫知金陵，时待制孙君孚责知归州，经从，吕燕待之，礼甚厚。一日，因报谒于清凉寺，问孙："曾上荆公坟否？"盖当时士大夫道金陵，未有不上荆公坟者。五十年前，彼之士子，节序亦有往致奠者，时之风俗如此。曾子开亦有《上荆公墓》诗，见《曲阜集》。

虏 改 沃 州

虏改吾赵州为沃州，盖取以水沃火之义。识者谓沃字从"天"、"水"，则著国姓，中兴之谶益章章云。建炎初，从臣连南夫奏札言：女真号国曰金，而本朝以火德王；金见火即销，终不能为国家患。向者黄河塌决，几至汴京，都人欲导水入汴。谣语云："天水归汴，复见太平。"于此益可见遗民思汉之心。

两 学 记

政和三年，温陵吕荣义著《两学杂记》，凡七十二条，所书皆太学、辟雍事也。内一条：侯彭老，长沙人。建中靖国以太学生上书得罪，诏归本贯。缀小词别同舍："十二封章，三千里路。当年走遍东西府。时人莫讶出都忙，官家送我归乡去。三诏出山，一言悟主。古人料得皆虚语。太平朝野总多欢，江湖幸有宽闲处。"虽曰小挫，而意气安闲如此。辉顷得于故老：此词既传，斋各厚赆其行。亦传入禁中，即降旨令改正，属同获谴者不一，乃格。后繇乡贡，竟登甲科。绍兴十三年，再兴太学，荣义尚在，累举得光州助教。乃撼旧记，益未备，为八十一条，更名《上庠录》投进。而唱和诗《影妻椅妾》（盖以影为妻，故以椅为妾）四篇疑后来附入者。《上庠录》尝奏御，理不应亵。迨今五十余年，庠均之士，未闻祖是编纪事实以广贤关嘉话者，似为缺典。

范 文 正 复 姓

范文正复元姓，用陶朱、张禄事，世皆传诵。大中祥符五年，浔阳陶岳作《五代史补》百余条，盖补王元之内相《五代史阙文》未备者。其书梁事，中有郑准，性谅直，长于笺奏。成汭镇荆南，辟为推官。汭尝杀人亡命，改姓郭氏，既贵，令准草表，乞归本姓，其略曰："臣门非冠盖，家本军戎。亲朋之内，盱睢为人报怨；昆弟之间，点染无处求生。背故国以狐疑，望邻封而鼠窜。名非伯越，乘舟难效于陶朱；志切投秦，入境遂称于张禄。"如此，则前已有此联，特文正公拈出，尤为切当云。

聚 香 鼎

毗陵士大夫有仕成都者，九日药市，见一铜鼎，已破缺，旁一人赞取之。既得，叩何所用，曰："归以数炉爇香环此鼎，香皆聚于中。"试之果然，乃名"聚香鼎"。初不知何代物而致此异。

船 舫 立 名

顷年，西湖上好事者所置船舫，随大小皆立嘉名。如"泛星槎"、

"凌风舸"、"雪蓬"、"烟艇",扁额不一,夷犹闲旷,可想一时风致。今贵游家有湖船,不患制名不益新奇,然红尘胶扰,一岁间能得几回领略烟波?但闲泊浦屿,资长年三老闭窗户以适昼眠耳。园亭亦然。

互送不归己

邻郡岁时以酒相馈问,有所不免。孙公之翰典州日,独命别储以备官用,一不归于己。绍兴间,周彦约侍郎为江东漕,诸司所饷不欲却,乃留公库,迨移官,悉分遗官属,仍以缗钱买书,以惠学者。自孙公之后,朝廷即立法,近制亦屡申严,终以互送各利于己,不能革也。

响　字

李公受虚己为天圣从官,喜为诗,与同年曾致尧倡酬。曾谓曰:"子之诗虽工,而音韵犹哑尔。"李初未悟,后得沈休文所谓"前有浮声,后有切响",遂精于格律。辉在建康,识北客杜师颜,尝言少陵《丽人行》"坐中八姨真贵人",数目中"八"字最响。觅句下字,当以此类求之。杜早从陈子高学,此说盖得于陈云。

惠　民　局

神宗朝创置卖药所,初止一所,崇宁二年增为五局,又增和剂二局,第以都城东西南北壁卖药所为名,议者谓失元创药局惠民之意。岁得息钱四十万以助户部经费。今行在所置局,岁课虽视昔有损,意岂在夫羡赢,其于拯民瘼、施实惠,亦云博矣。

四　川　茶　马

绍兴四年,复置茶马司,买到四尺五寸以上堪披带马,每一千匹与转一官。旧有主管茶马、同提举茶马、都大提举茶马三等,今并废,止留其一。高宗留意马政,因韩世忠献一骏马,诏:"朕无用此,卿可自留,以备出入。"世忠曰:"今和议已定,岂复有战阵事?"上曰:"不然。虏虽讲和,战守之备,何可少弛?朕方复置茶马司,若更得西马数万匹,分拨诸将,乘此闲暇,广武备以戒不虞。和议岂足深恃乎?"后又诏:"吴璘军以川陕茶博马价珠及红发之类,艰难之际,战马为急。"又曰:"以茶博易珠玉、红发、毛段之物,悉痛朕心。"议者谓一西马至江浙数千里远,在涂除倒毙外,及至饲养调习,久之可充披带用者能有几?不知费县官几许财用。若夫官吏论赏增秩,抑末耳。

山　阴　图

　　辉顷于池阳一士大夫处见纸上横卷《山阴图》,乃叶石林家本。人物止三寸许,已再三临写,神韵尚尔不凡,况龙眠真笔邪!前有序、赞各八句,词翰皆出石林。石林文集世不见其全,此赞尚虑散逸,翰墨妙之雅玩乎!当时尝录其文,恐好奇之士虽不见画,而欲想像高胜,今乃著于是:"龙眠李伯时画许玄度、王逸少、谢安石、支道林四人像,作《山阴图》。玄度超然万物之表,见于眉睫。逸少藏手袖间,徐行若有所观。安石肤腴秀泽,著屐,返首与道林语。道林羸然出其后,引手出相酬酢。皆得其意。俯仰步趋之间,笔墨简远,妙绝一时。碧林道人梵隆,少规模伯时,为余临写,真伪殆不辨。更三十年,世当不知有两伯时也。"此序也。赞曰:"扬眉轩然,意轶万里。亦将焉往?而竟斯止。日远游者,以是为游。疾走息阴,彼将安休?"其二:"翰墨之娱,以写万变。不偿一姥,笑戢山扇。袖手纵观,我行故迟。岂以怀祖,乐此逶迤?"其三:"韫玉于山,炜然不枯。我观此容,非山泽儒。却顾何为?东山之陂。如何淮淝,乃折此屐?"其四:"一世所驱,颠倒衣裳。是身何依?独委支郎。从容三人,亦蹑其后。人所无言,聊一举手。"后又见一本,摹益失真,第书四赞而亡其序。

历代笔记小说大观总目

汉魏六朝

西京杂记(外五种) 〔汉〕刘歆 等撰 王根林 校点

博物志(外七种) 〔晋〕张华 等撰 王根林 等校点

拾遗记(外三种) 〔前秦〕王嘉 等撰 王根林 等校点

搜神记·搜神后记 〔晋〕干宝 陶潜 撰 曹光甫 王根林 校点

世说新语 〔南朝宋〕刘义庆 撰 〔梁〕刘孝标注 王根林 标点

唐五代

朝野金载·云溪友议 〔唐〕张鷟 范摅 撰 恒鹤 阳羡生 校点

教坊记(外七种) 〔唐〕崔令钦 等撰 曹中孚 等校点

大唐新语(外五种) 〔唐〕刘肃 等撰 恒鹤 等校点

玄怪录·续玄怪录 〔唐〕牛僧孺 李复言 撰 田松青 校点

次柳氏旧闻(外七种) 〔唐〕李德裕 等撰 丁如明 等校点

酉阳杂俎 〔唐〕段成式 撰 曹中孚 校点

宣室志·裴铏传奇 〔唐〕张读 裴铏 撰 萧逸 田松青 校点

唐摭言 〔五代〕王定保 撰 阳羡生 校点

开元天宝遗事(外七种) 〔五代〕王仁裕 等撰 丁如明 等校点

北梦琐言 〔五代〕孙光宪 撰 林艾园 校点

宋元

清异录·江淮异人录 〔宋〕陶谷 吴淑 撰 孔一 校点

稽神录·睽车志 〔宋〕徐铉 郭象 撰 傅成 李梦生 校点

贾氏谭录·涑水记闻 〔宋〕张洎 司马光 撰 孔一 王根林 校点

南部新书·茅亭客话 〔宋〕钱易 黄休复 撰 尚成 李梦生 校点

杨文公谈苑·后山谈丛 〔宋〕杨亿口述、黄鉴笔录、宋庠整理 陈
　　师道 撰 李裕民 李伟国 校点

归田录(外五种) 〔宋〕欧阳修 等撰 韩谷 等校点

春明退朝录(外四种) 〔宋〕宋敏求 等撰 尚成 等校点

青琐高议 〔宋〕刘斧 撰 施林良 校点

渑水燕谈录·西塘集耆旧续闻 〔宋〕王辟之 陈鹄 撰 韩谷 郑世刚
　　校点

梦溪笔谈 〔宋〕沈括 撰 施适 校点

麈史·侯鲭录 〔宋〕王得臣 赵令畤 撰 俞宗宪 傅成 校点

湘山野录 续录·玉壶清话 〔宋〕文莹 撰 黄益元 校点

青箱杂记·春渚纪闻 〔宋〕吴处厚 何薳 撰 尚成 钟振振 校点

邵氏闻见录·邵氏闻见后录 〔宋〕邵伯温 邵博 撰 王根林 校点

冷斋夜话·梁溪漫志 〔宋〕惠洪 费衮 撰 李保民 金圆 校点

容斋随笔 〔宋〕洪迈 撰 穆公 校点

萍洲可谈·老学庵笔记 〔宋〕朱彧 陆游 撰 李伟国 高克勤 校点

石林燕语·避暑录话 〔宋〕叶梦得 撰 田松青 徐时仪 校点

东轩笔录·嬾真子录 〔宋〕魏泰 马永卿 撰 田松青 校点

中吴纪闻·曲洧旧闻 〔宋〕龚明之 朱弁 撰 孙菊园 王根林 校点

铁围山丛谈·独醒杂志 〔宋〕蔡絛 曾敏行 撰 李梦生 朱杰人 校点

挥麈录 〔宋〕王明清 撰 田松青 校点

投辖录·玉照新志 〔宋〕王明清 撰 朱菊如 汪新森 校点

鸡肋编·贵耳集 〔宋〕庄绰 张端义 撰 李保民 校点

宾退录·却扫编 〔宋〕赵与时 徐度 撰 傅成 尚成 校点

桯史·默记 〔宋〕岳珂 王铚 撰 黄益元 孔一 校点

燕翼诒谋录·墨庄漫录 〔宋〕王栐 张邦基 撰 孔一 丁如明 校点

枫窗小牍·清波杂志 〔宋〕袁褧 周煇 撰 尚成 秦克 校点

四朝闻见录·随隐漫录 〔宋〕叶少蕴 陈世崇 撰 尚成 郭明道 校点

鹤林玉露 〔宋〕罗大经 撰 孙雪霄 校点

困学纪闻　[宋]王应麟 撰　栾保群 田松青 校点

齐东野语　[宋]周密 撰　黄益元 校点

癸辛杂识　[宋]周密 撰　王根林 校点

归潜志·乐郊私语　[金]刘祁　[元]姚桐寿 撰　黄益元 李梦生
　　校点

山居新语·至正直记　[元]杨瑀 孔齐 撰　李梦生 庄葳 郭群一
　　校点

南村辍耕录　[元]陶宗仪 撰　李梦生 校点

明代

草木子(外三种)　[明]叶子奇 等撰　吴东昆 等校点

双槐岁钞　[明]黄瑜 撰　王岚 校点

菽园杂记　[明]陆容 撰　李健莉 校点

庚巳编·今言类编　[明]陆粲 郑晓 撰　马镛 杨晓波 校点

四友斋丛说　[明]何良俊 撰　李剑雄 校点

客座赘语　[明]顾起元 撰　孔一 校点

五杂组　[明]谢肇淛 撰　傅成 校点

万历野获编　[明]沈德符 撰　杨万里 校点

涌幢小品　[明]朱国祯 撰　王根林 校点

清代

筠廊偶笔 二笔·在园杂志　[清]宋荦 刘廷玑 撰　蒋文仙 吴法源
　　校点

虞初新志　[清]张潮 辑　王根林 校点

坚瓠集　[清]褚人获 辑撰　李梦生 校点

柳南随笔 续笔　[清]王应奎 撰　以柔 校点

子不语　[清]袁枚 撰　申孟 甘林 校点

阅微草堂笔记　[清]纪昀 撰　汪贤度 校点

茶余客话　[清]阮葵生 撰　李保民 校点